Ich schenk dir eine
Geschichte *2019*

Welttag des Buches 2019

Wir danken den Buchhandlungen,
die mit ihrem Einsatz dieses Buch
und den Welttag unterstützen.

Weiterhin danken wir den Kultus-
und Bildungsministerien der Länder
für ihr Engagement im Rahmen
der Buchgutschein-Aktion.

Nicht zuletzt gilt unser Dank
folgenden Firmen, mit deren freundlicher
Unterstützung dieses Buch ermöglicht
wurde:

Igepa group GmbH & Co. KG, Hamburg,
Holmen Paper AB, Norrköping/Schweden
und Stora Enso Germany GmbH

Das Buch wurde gedruckt auf:
Holmen BOOK Cream 60 g/m^2, 2,0-fach
(Inhaltspapier)
Performa Brilliance FSC 215 g/m^2
(Umschlagpapier)

Uhl + Massopust, Aalen
(Satz und Repro Innenteil)

RMO Druck GmbH, München
(Umschlagrepro)

GGP Media GmbH, Pößneck
(Druck/Bindung)

VVA Vereinigte Verlagsauslieferungen,
Gütersloh

Ich schenk dir eine Geschichte 2019

THiLO

Der geheime Kontinent

Mit Illustrationen von Timo Grubing

Herausgegeben von
der Stiftung Lesen
in Zusammenarbeit
mit der Verlagsgruppe
Random House,
der Deutschen Post AG
und dem ZDF

cbj

Sollte diese Publikation Links auf Webseiten Dritter enthalten, so übernehmen wir für deren Inhalte keine Haftung, da wir uns diese nicht zu eigen machen, sondern lediglich auf deren Stand zum Zeitpunkt der Erstveröffentlichung verweisen.

Verlagsgruppe Random House FSC® N001967

Einmalige Sonderausgabe April 2019
© 2019 cbj Kinder- und Jugendbuchverlag
In der Verlagsgruppe Random House GmbH,
Neumarkter Str. 28, 81673 München
Alle Rechte vorbehalten
Umschlag- und Innenillustrationen: Timo Grubing
Umschlaggestaltung: Kathrin Schüler, Berlin
aw · Herstellung: eR
Satz: Uhl + Massopust, Aalen
Druck und Bindung: GGP Media GmbH, Pößneck
ISBN 978-3-570-17612-2
Printed in Germany

www.cbj-verlag.de

Vorwort

Tim ist fasziniert von den heldenhaften Abenteuern der Ritter, über die er schon viel gelesen hat. Was für ein Glück, dass Frau Kruse für die Klassenfahrt ausgerechnet eine Jugendherberge auf einer alten Burg ausgesucht hat.

Bei einer Führung durch die Bibliothek hören Tim und seine beste Freundin Meike von einem geheimen Kontinent. Dort ereignen sich die Geschichten, die in Büchern stehen. Enttäuscht stellen die beiden Freunde jedoch fest, dass sich die Bücher in der Bibliothek nicht mehr öffnen lassen. Schuld daran ist Drache Siegfried. Er ist auf dem geheimen Kontinent erwacht und frisst alle Bücher und die Geschichten darin auf.

Meike und Tim finden einen Brief mit einem Hilferuf. Mutig betreten sie die verbotene Tür in die fantastische Welt. Werden sie es gemeinsam mit dem geflügelten Pferd Peggy Sue und den anderen märchenhaften Wesen schaffen, das Abenteuer zu bestehen?

Exklusiv für den Welttag des Buches am 23. April haben Autor THiLO und Illustrator Timo Grubing die Geschichte »Der geheime Kontinent« in zwei Versionen verfasst: als Roman und als Comic. Zu diesem Anlass hast du – genauso wie über eine Million andere Schülerinnen und Schüler in Deutschland – einen Gutschein bekommen, den du in deiner Buchhandlung gegen dein persönliches Exemplar eintauschen kannst. Dass sich so viele Kinder wie du darüber freuen dürfen, liegt auch am Einsatz der teilnehmenden Buchhandlungen und Lehrkräfte, bei denen wir uns herzlich bedanken.

Jetzt aber auf ins Abenteuer auf dem geheimen Kontinent. Viel Spaß dabei wünschen euch

Susanne Krebs
Verlagsleiterin cbj Verlag

Dr. Frank Appel
Vorstandsvorsitzender der Deutschen Post AG

Dr. Jörg F. Maas
Hauptgeschäftsführer der Stiftung Lesen

Thomas Bellut
Intendant des ZDF

Prolog

Es war wie so oft: Ein kleines Wort führte zu einem großen Unglück.

Ausgesprochen hatte das kleine Wort der Fierte Fürst, gehört hatte es der Vünfte Vürst – und umgekehrt.

Die beiden waren Brüder, was den Streit noch schlimmer machte. Ihr Vater war der König des geheimen »Achten Kontinents« gewesen und er war soeben gestorben. Kaum war eine Woche der Trauer vergangen, da stritten sie auch schon darüber, wer von nun an dieses wunderbare Reich regieren sollte.

»Vünf ist mehr als Fier!«, schrie der Vünfte.

»Aber die Burg hat fier Türme!«, keifte der Fierte.

Da es nicht nur um einen Apfel oder ein Ei ging, wollte keiner der beiden Brüder nachgeben. Der Streit wurde immer heftiger. Anfangs saßen sie sich noch an einem langen Tisch beim Abendessen gegenüber. Dann sprangen sie auf. Bald schon brüllten sie sich an, Kopf an Kopf. Ihre Nasen berührten einander, ihre Augen versprühten Zorn und Wut.

Alle Diener und Köche, Hausmädchen und Gärtnerinnen rannten in den Thronsaal der Burg, um die beiden zur Vernunft zu bringen. Aber es war hoffnungslos. Die Brüder warfen sich auf den Boden des Thronsaals und prügelten sich. Der Vünfte Vürst riss seinen Bruder an den Haaren. Der Fierte Fürst biss seinem Bruder in den Finger. So ineinander verkeilt, rollten sie die lange Treppe hinunter bis in den Hofgarten. Auch dort ließen sie nicht voneinander ab.

Erst Atrius, der Magier, hatte die rettende Idee. Er trommelte alle Riesen und Zwerge des Achten Kontinents zusammen und band sie an den Gürtel des Fierten Fürsten. An den Gürtel des Vünften Vürsten spannte er vier Wassergeister, drei Drachen, zwei Einhörner und den Vogel Greif. Dann hob Atrius die Hand und rief: »Jetzt!«

Da begannen die Riesen, die Zwerge, die Geister und die Tiere zu ziehen und zu zerren. Drei Herzschläge lang tat sich nichts. Nur die Schweißtropfen der Riesen, die zu Boden fielen, waren zu hören. Dann machte es *Ratsch!* – und die beiden Brüder waren getrennt.

Der Fierte Fürst kullerte nach Norden, der Vünfte

Vürst segelte nach Süden. Da beschlossen die beiden, für immer getrennt zu bleiben. Sie begannen quer durch den Kontinent einen tiefen Graben zu ziehen. Tausende Ritter, Trolle und Elche schaufelten Tag und Nacht. Auch als sie auf den Eingang einer Höhle stießen, buddelten sie weiter.

In der Höhle jedoch schlief seit tausend Jahren der Lindwurm Siegfried. Die Vorfahren des Königs hatten ihn tief unter die Erde verbannt, denn Siegfrieds Hunger nach Geschichten war unstillbar. Er verschlang Märchen, mochte Sagen – am liebsten mit einer Prise Salz – und hungerte nach immer neuen Abenteuern.

Jetzt war Siegfried wieder geweckt worden und gieriger als jemals zuvor. Der Lindwurm öffnete die Augen, schüttelte den gewaltigen Kopf, stampfte aus der Höhle und flog davon. Alle Geschichten, die ihm in die Quere kamen, wurden heruntergeschluckt. Er fraß sie, Tag für Tag. So gingen selbst auf dem geheimen Achten Kontinent langsam, aber sicher die Geschichten zur Neige. Bald würde es auch auf den übrigen sieben Kontinenten keine mehr geben. Einige Bücher konnten bereits nicht mehr geöffnet werden. Was sollten die Menschen dann nur lesen?

Atrius war verzweifelt. Die Lage war verknorkst ernst. Doch dann hatte er wieder eine gute Idee. Es gab noch Hoffnung. Aber nicht in ihrer Welt, sondern in der anderen. Atrius schrieb einen Brief und schickte ihn an zwei Menschenkinder.

Atrius seufzte, während er am Fluss stand und den Briefträgern auf ihren Postbooten hinterhersah. Dies war ihre letzte Chance. Wenn die beiden Menschenkinder nicht mutig genug waren oder zu wenig Fantasie besaßen, würde nicht nur der Achte Kontinent untergehen. Dann würden bald alle Geschichten der Welt gefressen und vergessen sein.

Es war wie so oft: Ein kleines Wort führte zu einem großen Unglück.

Das kleine Wort war: »Ich!«

Kapitel 1

Klassenfahrt

Tim und seine beste Freundin Meike saßen auf der Rückbank des Busses. Zum Abschluss der Grundschule machten sie eine Klassenfahrt. Fünf Tage lang würden sie von zu Hause weg sein, mit all ihren Freunden aus der vierten Klasse. Die meisten Schüler rannten durch den Mittelgang des Busses, aßen Chips oder spielten Karten. Daniel ärgerte Charlotte, aber immer nur, wenn ihre Lehrerin nicht hinsah.

Frau Kruse hockte vorne und redete mit dem Vater von Ivy. Er war als Betreuer für die Jungs mitgekommen. Frau Kruse war eine tolle Lehrerin, fand Tim, und diese Fahrt war ihre Idee gewesen.

Tim sah auf die Uhr seines Handys. Es war kurz vor drei.

Meike stupste Tim mit dem Ellbogen an und zeigte nach draußen. Der Bus kämpfte sich mühevoll die steile Straße nach oben. Dabei schnaufte und heulte

13

der Motor wie ein altes Nilpferd mit Zahnweh. Rundherum war dichter Wald, aber gerade nahm der Bus eine enge Kurve, und zwischen den vielen Ästen war kurz ihr Ziel zu erkennen: Burg Siegfriedszorn. Tim und Meike sahen die vier Türme, die sie schon von Frau Kruses Fotos kannten. Stolz reckten sie sich in den Himmel. Ein Teil der Burg war zu einer Jugendherberge umgebaut worden, der Rest konnte wie ein Museum besichtigt werden. So hatte Frau Kruse es seit Wochen ihrer Klasse jeden Tag vorgeschwärmt.

»Da ist sie!«, rief nun auch Angelika Kruse und klatschte in die Hände. »Gleich sind wir da-ha!«

Tim und Meike mussten schmunzeln, weil die Lehrerin von ihrer eigenen Idee so begeistert war.

Drei weitere Kurven lang wurden sie noch durchgeschüttelt, dann hielt der Bus vor dem Tor der Burg. Augenblicklich stürzten alle Kinder aus den Türen. Der Busfahrer konnte die Rucksäcke, Taschen und Koffer gar nicht so schnell ausladen, wie sie ihm aus den Händen gerissen wurden. Wer sein Gepäck hatte, wollte sofort losrennen.

»Langsam, Kinder, langsam!«, rief Frau Kruse. »Wir spielen nicht die Reise nach Jerusalem – jeder bekommt ein Bett, nicht nur die Schnellsten.«

»Klar!«, zischte Tim Meike zu. »Aber keiner will neben der Tür liegen.«

Frau Kruse zählte hastig alle nach.

Meike wollte auf Tim warten, aber ihre Freundin Charlotte nahm sie an die Hand und zog sie Richtung Eingang.

»Komm, Meike«, kommandierte Charlotte. »Wir sichern uns die besten Plätze!«

Meike sah zu Tim und zuckte mit den Schultern. Tim nickte ihr zu.

Nach und nach verschwanden auch alle anderen

Schüler. Tims Tasche lag ganz hinten im Kofferraum, deshalb musste er ewig warten. Schwer beladen trat er als Letzter auf die Zugbrücke, die über den Wassergraben führte. Nach ihm kam nur noch die Lehrerin.

Tim lief ein Schauer über den Rücken. Er liebte die Ritterzeit und hatte mindestens fünfzig Bücher über Burgen und Ritter gelesen. Einige Sachbücher, aber auch Geschichten und Sagen. Besonders spannend fand Tim die Aufgaben, die die Ritter zu bewältigen hatten. Mal mussten sie einen Drachen besiegen, mal eine Prinzessin befreien oder wenigstens ein Turnier gewinnen. Anfangs waren sie in den Geschichten normale Menschen, aber dann wuchsen die Männer über sich hinaus und wurden zu echten Helden.

Tim seufzte. Zu gerne wäre er auch ein Held gewesen. Aber seine einzige Heldentat bisher war es, die Katze Maunzi von einem Baum zu retten. Dafür hatte er noch nicht einmal eine Leiter gebraucht. Seine Nachbarin, Maunzis Frauchen, hatte sich gar nicht richtig bedankt. Und Zeitungen hatten schon gar nicht darüber berichtet.

Nein, fand Tim, die Zeit für Helden war eindeutig vorbei.

Bevor Tim durch das Tor trat, drehte er sich noch einmal um. Von hier oben konnte der Burgherr anrückende Feinde schon früh bemerken und die Zugbrücke hochziehen. Der tiefe Graben rundherum mündete in einen klaren See, der das Wasser von den übrigen Bergspitzen zu sammeln schien. Mitten auf dem See war eine winzige Insel. Um hinzuschwimmen, war sie zu weit entfernt. Tim würde sich ein Floß bauen müssen, wenn er die Insel erkunden wollte.

Tim trat durch das Tor auf den Burghof, der von meterdicken Mauern umgrenzt war. Auf der anderen Seite des Hofes stand eine alte Holztür weit offen. Das musste das Haupthaus sein.

Tim warf sich die Tasche über die Schulter und fluchte. Warum nur hatte ihm seine Mutter so viele Sachen eingepackt? Für fünf Tage? Da musste man sich doch gar nicht umziehen!

Fünfzig Schritte musste Tim gehen, bis er an der Tür ankam. Dort schlug ihm sofort der typisch modrige Geruch einer Burg entgegen.

»Komm, trau dich!«, ermunterte ihn Angelika Kruse lachend.

Tim rollte genervt mit den Augen und betrat das Haus. Über einer langen Theke stand: REZEPTION. Doch es war niemand dahinter, um die Gäste zu empfangen. Wahrscheinlich war Tim einfach zu spät dran, aber zum Glück gab es Schilder. Nach links ging es zum Museum mit der Bibliothek, nach rechts zu den beiden Schlafsälen. Die kleineren Zimmer lagen im ersten Stock. Frau Kruse schleppte gerade ihren Koffer die Treppe hoch.

»Jaja, da lang ist es richtig«, rief sie Tim zu. »Ivys Vater ist schon da.«

Tim stapfte nach rechts. Als er endlich beim Jungenschlafsaal eintraf, stand Daniel breitbeinig vor der Tür. Aber der Klassenfiesling wollte nicht ihm den Weg versperren, sondern dem kleinen Jakob.

»Du kommst hier nicht rein!«, knurrte er Jakob an. »Bettnässer müssen ins Mädchenzimmer.«

Jakob antwortete nicht. Er trippelte von einem Bein aufs andere, ganz so, als müsste er wirklich gerade dringend aufs Klo. Er versuchte sich irgendwie an Daniel vorbei in den Saal zu drücken. Doch Daniel passte auf. Solche Spiele liebte er besonders.

»Mach den Weg frei!«, blaffte Tim ihn an. Jakob sah ihn mit großen Augen dankbar an. Daniel verzog das Gesicht.

»Was geht dich das an?«, stänkerte er zurück.

Tim stellte seine Tasche ab. Mutig machte er zwei weitere Schritte auf Daniel zu. Der Fiesling war einen ganzen Kopf größer als er, aber Tim verbot es sich, Angst zu haben. Er stellte sich einfach vor, ein Ritter zu sein. Daniel war der Drache.

»Das geht mich eine ganze Menge an«, rief Tim

18

überlaut. »Wir alle wollen hier nämlich coole Tage verbringen. Und wenn du hier Ärger machst, ist das ganz bestimmt *nicht* cool...«

Hinter Daniel rumpelte etwas. Finn, Jerome und Turgut kamen näher. Sie drängelten Daniel zur Seite.

»Lass Jakob durch, okay!«, schnauzte Jerome ihn an. »Sonst kannst du heute Nacht im Hof schlafen.«

Daniel kniff die Augenlider zusammen und starrte Jakob grimmig an. Dann machte er Platz. Jakob schlüpfte wortlos an ihm vorbei.

Ivys Vater war nun auch auf den kleinen Tumult aufmerksam geworden. Doch alle waren zu stolz, irgendetwas zu verpetzen.

»Gibt's Probleme?«, wollte er wissen. Jerome, Turgut, Finn und selbst Jakob schüttelten die Köpfe.

Als die anderen weg waren, zischte Daniel Tim zu: »Die Woche hier wirst du nie in deinem ganzen Leben vergessen, das schwöre ich dir!«

Und damit hatte Daniel ausnahmsweise einmal vollkommen recht.

Kapitel 2

Die Bücher wehren sich

Im Schlafsaal der Jungen standen genau zwanzig Betten eng nebeneinander, zehn auf der linken Seite, zehn rechts. Der Mittelgang war mit Gepäck zugestellt. Außerdem lagen unzählige Schuhe und Jacken herum. Hier gab es schließlich keine Eltern, die meckerten, wenn es nicht aufgeräumt war.

Die Betten unter dem Burgfenster waren natürlich längst belegt, als Tim den Saal betrat. Nur die vordersten fünf waren noch frei. Jakob klopfte mit der flachen Hand auf das Bett neben sich und sah Tim hoffnungsvoll an. Tim hätte lieber in der Ecke bei Jerome und Finn gelegen, aber da war nichts mehr zu machen. Also ließ er seine Tasche vor das Bett direkt neben der Tür fallen. Mist!

»Wenn die alle weiterhin so viel Limo in sich hineinkippen, gibt's heute Nacht eine Polonaise zum Klo«, knurrte Tim. Jakob lachte.

Tim warf sich aufs Bett. Kaum hatte er sich ausgestreckt, erschien Frau Kruse im Türrahmen. Nachdem sie sich vergewissert hatte, dass alles in Ordnung war, klatschte sie in die Hände.

»Jetzt lernen wir die Burg kennen«, verkündete Angelika Kruse fröhlich. »Wir bekommen eine Privatführung.«

Fünf Minuten später hatten sich alle Schüler vor der Rezeption versammelt. Tim stellte sich neben Meike. Von einem Mitarbeiter der Burg fehlte noch immer jede Spur. Da öffnete sich links von der Theke die Tür zum Museum. Ein uralter weißhaariger Mann kam auf sie zu. Er ging ein wenig gebückt und massierte sich die ganze Zeit über die Finger. So, als würde er sich die Hände unter einem unsichtbaren Wasserhahn waschen. Der Mann trug einen dunkelblauen Anzug mit schmalen grauen Streifen, der an den Ellbogen schon sehr dünngescheuert war. Er stellte sich vor die Klasse und wartete schweigend ab, bis auch der letzte Schüler mucksmäuschenstill war.

»Der hat die Ritterzeit noch selbst miterlebt«, flüsterte Tim Meike zu. Meike lachte. Der alte Mann sah sie streng an, also biss sie sich auf die Lippen.

»Guten Tag, liebe Gäste«, sagte er mit leiser Stimme. »Mein Name ist Bartholomäus. Einen Nachnamen habe ich nicht. Als ich geboren wurde, waren meine Eltern so bettelarm, die konnten sich gar keinen Nachnamen leisten ...«

Bartholomäus schmunzelte. Einige aus der Klasse sahen sich fragend an. Stimmte die Geschichte? Oder hatte der alte Mann nur einen Witz machen wollen?

»Ich kenne mich auf dieser Burg aus wie in meiner Westentasche«, erklärte Bartholomäus. »Wann immer ihr Fragen habt, fragt!«

Dann drehte er sich um und führte die Gruppe in den Teil der Burg, der zum Museum umgebaut worden war.

Direkt hinter der Tür standen mehrere Rüstungen in einer Reihe. Dazu gab es Schaukästen mit Waffen, alten Münzen und Haushaltsgegenständen aus dem Mittelalter.

Bartholomäus erzählte zu jedem Stück etwas, doch Tim hörte schon nach kurzer Zeit nicht mehr richtig hin. Er kannte sich mit Burgen bestens aus, viel Neues erfuhr er nicht.

Am Ende der Führung kamen sie in einen Raum, der die Augen von Tim und Meike aufleuchten ließ. Die Bibliothek. Vom Boden bis zur Decke reichten die Regale – doch für eine Bibliothek waren sie ziemlich leer. Auf jedem Brett standen nur drei, vier Bücher. Die Buchrücken aus Leder waren alt und vergilbt.

Meike liebte Bücher genauso wie ihr Freund. Als

Bartholomäus nicht hinsah, wollte sie eines von ihnen aus dem Regal nehmen. Sie zog am Buchrücken – doch nichts passierte. Meike schüttelte verwundert den Kopf.

»Tim, sind die alle festgeklebt?«, zischte sie Tim zu.

Meike packte ein anderes Buch mit der ganzen Hand und zog kräftiger. Das Buch kam ihr ein paar Millimeter entgegen, glitt aber dann zurück an seinen Platz.

Meike schauderte. Es war so, als würden sich die Bücher dagegen wehren, angeschaut zu werden.

Bartholomäus fuhr herum, als hätte Meike an seiner Jacke gezupft.

»Nichts anfassen, junge Dame!«, mahnte er streng.

Meike wurde knallrot. »Entschuldigung«, nuschelte sie. »Wenn ich Bücher sehe, kann ich einfach nicht anders…«

Sofort wurde der Blick des Alten ein bisschen milder.

»Du liebst Geschichten? Das gefällt mir«, murmelte er. »Aber diese Bücher werden dir ihre Inhalte nicht mehr verraten. Seit zwei Wochen lassen sie sich nicht mehr herausnehmen. Weder mit Gewalt noch mit Tricks.« Bartholomäus seufzte schwer. »Glaube mir, auch ich würde gerne in diesen alten Texten weiterlesen. Denn dort sind all die Geschichten niedergeschrieben worden, die auf dem geheimen Achten Kontinent passierten. Die Sache ist verknorkst ernst…«

Geheimer Kontinent? Tim horchte auf. Alle sieben waren doch schon ewig erforscht: Europa, Asien, Antarktis, Afrika, Nordamerika, Südamerika und Australien. Von einem Achten Kontinent hatte er noch nie gehört. Tim hob die Hand, um Bartholomäus danach zu fragen.

Doch in diesem Augenblick stöhnte Daniel laut hörbar auf. »Wetten, der Typ will uns gleich weismachen, dass hier Geister rumspuken?«, rief er genervt.

»Daniel!«, empörte sich Frau Kruse. »Wie redest du denn mit unserem Gastgeber?«

Bartholomäus winkte ab und schüttelte den Kopf. »Nein, die gibt es auf dieser Burg nicht, mein junger Freund. Andere Kreaturen jedoch …«

Daniel rollte mit den Augen. »Das war ja so was von klar«, spottete er. »Jetzt habe ich aber Angst.«

»Daniel, jetzt reicht es aber!«, fuhr die Lehrerin dazwischen.

Aber Daniel grinste nur provozierend.

Tim und Meike sahen Bartholomäus an. Wie würde der alte Mann auf diese offensichtliche Herausforderung reagieren?

Bartholomäus antwortete gar nicht. Fast schien es so, als hätte er den Zwischenruf überhaupt nicht gehört. Allerdings lächelte er ziemlich geheimnisvoll. *Es wäre besser, du hättest Angst*, bedeutete dieser Blick.

Tatsächlich hielt Daniel nun die Klappe. Bartholomäus wollte die Klasse wieder zurück in den Herbergsbereich führen.

In diesem Moment blieb der kleine Jakob vor einer Tür neben dem höchsten Bücherregal stehen. Die Tür sah ungewöhnlich aus, fand Tim. Das Holz war nicht glatt geschliffen, sondern nur grob behauen. Man konnte noch deutlich das Muster des Baumes erkennen. Irgendwie wirkte es, als ob die Tür lebte. Der obere Rand war rund, in der Mitte der Tür war ein Ring aus Bronze zum Klopfen. Der Ring führte durch die Nase eines Hofnarren, dessen Augen regungslos in den Raum starrten.

Jakob drückte die Klinke herunter, doch die Tür war verschlossen. Also nahm er den Ring und klopfte dreimal. »Und was ist dahinter?«, wollte er wissen.

Bartholomäus fuhr herum und riss die Augen auf. »Finger weg, mein Freund!«, warnte er scharf. »Das war in frühen Zeiten das Tor zum geheimen Kontinent. Aber ich halte die Tür verschlossen. Die Treppe dahinter führt nur nach unten, aber nicht wieder nach oben.«

Daniel lachte laut auf. »Wie soll denn das gehen?«, höhnte er. »Eine Treppe, die nur nach unten führt? So was gibt's doch gar nicht!«

Frau Kruse funkelte Daniel böse an, doch Bartholomäus ließ sich auch davon nicht provozieren. Mit seinen dürren Armen scheuchte er die Klasse wieder in den Herbergsteil.

Als Tim schon halb aus der Tür war, warf er einen Blick zurück in die Bibliothek. Was er sah, brachte sein Blut zum Kochen. Daniel hatte den kleinen Jakob im Schwitzkasten und verpasste ihm gerade eine Kopfnuss. Tim zögerte. Daniel hatte ihm schon auf dem Zimmer Ärger angedroht. Sollte er sich einmischen?

Da bemerkte Tim, wie sich die Klinke der verbotenen Tür bewegte. Jemand drückte sie von der anderen Seite nach unten!

Kapitel 3

Eine Tür ins Nichts

Tim schloss die Augen und schüttelte ungläubig den Kopf. Als er sie wieder öffnete, war die Klinke gerade und bewegte sich nicht mehr. Hatte er sich das Ganze nur eingebildet? Daniel hatte Jakob allerdings immer noch in der Mangel. Er fühlte sich vollkommen alleine und knickte Jakob gerade das Ohr um.

»Warum fragst du nach der Tür?«, spottete Daniel. »Du traust dich doch sowieso nicht nach unten, du Schisser...«

Er drehte Jakob den Arm auf den Rücken. Jakob heulte auf. Frau Kruse und Ivys Vater waren schon im Gang verschwunden. Das wollte Daniel wohl für ein paar Gemeinheiten ausnutzen.

Ritter Tim zögerte keine Sekunde länger.

»Ich habe dir vorhin schon gesagt: Lass ihn in Ruhe, Daniel!«, schnauzte Tim ihn quer durch den Raum an.

Daniel drehte sich um. »Und ich habe dir versprochen, dass du hier keine schöne Woche haben wirst«, knurrte er zurück und stieß Jakob von sich. »Irgendjemanden muss ich in die Mangel nehmen. Wenn Jakob nicht mehr zur Verfügung steht, bist eben du dran.«

Tim spürte eine Berührung am Rücken. Er wusste sofort, wer da hinter ihm stand. Meike.

Daniel tat erschrocken. »Oh, du wirst von einem Mädchen beschützt, Tim!«, spottete er. »Da habe ich natürlich Angst. Ich lasse dich von jetzt an in Ruhe und kümmere mich lieber um mein Malbuch. Ich muss heute noch zwei Einhörner ausmalen, dann ist Mami stolz auf mich.«

Daniel bog sich vor Lachen. Doch plötzlich hielt er inne. Der alte Bartholomäus stand regungslos im Türrahmen. Wie lange er die vier Schüler schon beobachtet hatte, wusste Tim nicht. Bartholomäus sagte auch jetzt keinen Ton. Daniel senkte schnell den Kopf und lief an ihm vorbei Richtung Schlafsaal.

»Kommt ihr auch?«, fragte Bartholomäus.

Tim nickte. Er legte seinen Arm schützend um Jakob und zog ihn mit sich aus der Bibliothek. Noch einmal musterte Tim dabei die Klinke der verbotenen Tür. Sie wirkte, als hätte sie sich seit Jahrhunderten nicht bewegt. Der Hofnarr mit dem Ring jedoch schien zu lächeln.

»Danke, Tim!«, stammelte Jakob. Er ließ den Kopf hängen. »Aber Daniel hat ja recht. Ich bin wirklich ein Angsthase. Zu Hause traue ich mich auch nicht in den Keller.«

Tim nickte. »Wir sind nicht alle zum Ritter geboren«, erwiderte er. »Manche Kinder sollen auch Wissenschaftler oder Schreiner werden.«

Jakob grinste. »Dann werde ich Schreiner ... aber nur, wenn ich dafür nie in einen Keller muss ...«, antwortete er.

Tim lachte. Aber Jakob starrte eine Ritterrüstung an, die vor dem Ausgang des Museums stand.

»Dabei wäre ich so gerne ein Held«, seufzte er. »Davon träumt doch jeder Junge, oder?«

Meike hob den Daumen. »Nicht nur Jungen«, fügte sie hinzu. »Wir Mädchen lassen uns ja gerne mal vor Drachen retten. Aber ab und zu wollen wir die Untiere auch selbst verkloppen.«

Tim und Jakob lachten lautstark. Und sogar die faltigen Lippen vom alten Bartholomäus verzogen sich zu einem Schmunzeln.

»Ab in den Speisesaal mit euch«, sagte er großväterlich. »Es gibt etwas zum Abendessen, das alle Kinder mögen: meine berühmte Fischkopfsuppe.«

Tim, Jakob und Meike sahen Bartholomäus entsetzt an. Er lächelte. Trotzdem waren sich die drei nicht sicher, ob er einen Scherz gemacht hatte. Der alte Mann war einfach nicht so leicht zu durchschauen.

»Kommt, so eine Köstlichkeit sollten wir uns nicht entgehen lassen«, drängelte auch Ivys Vater. Ivy stupste ihn in die Seite. Sie fand jeden Kommentar ihres Vaters peinlich.

Zur Erleichterung aller Kids standen dann aber große Schüsseln mit Pommes, Würstchen und Salat auf den Tischen. Tim merkte erst jetzt, wie hungrig er war. Wie ein Wolf schlang er mehrere Würstchen und einen ganzen Berg Pommes in sich hinein. Als Tim satt war, musste er noch ewig warten, bis Frau Kruse alle durchgezählt und das Essen offiziell beendet hatte.

»Den Rest des Tages dürft ihr die Burg erkunden«, erlaubte sie. »Aber nur innerhalb der Mauern!«

Tim lief ein bisschen im Hof herum. Dann fiel ihm auf, dass Jakob nicht da war. Daniel? Tim seufzte. Scheinbar war es seine Aufgabe auf dieser Klassenfahrt, auf den Kleinen aufzupassen. Er holte Meike und gemeinsam machten sich die beiden auf die Suche. Daniel lümmelte auf einem Liegestuhl im Hof herum. Aber wo war Jakob?

Meike und Tim stiegen eine hölzerne Treppe nach oben. Sie führte auf den Wehrgang der Burgmauer. Von hier aus hatten die Soldaten früher die anrückenden Feinde beschossen. Und tatsächlich sahen sie durch eine Schießscharte auch Jakob. Er ging mit großen Schritten den schmalen Grasstreifen zwischen Burg und Wassergraben entlang. Dreimal fing er wieder von vorne an, dann blieb er stehen und betastete die Außenmauer.

»Was machst du denn da?«, rief Meike entsetzt. Frau Kruse hatte doch ausdrücklich gesagt, dass niemand die Burg verlassen durfte! Und nun brach ausgerechnet der ängstliche Jakob die oberste Regel!

Jakob zuckte auch tatsächlich erschrocken zusammen. Als er Meike und Tim über sich entdeckte, entspannte sich sein Gesicht ein wenig. Er legte den Zeigefinger an die Lippen und winkte die beiden zu sich.

Meike drehte sich um. Weder Frau Kruse noch Ivys Vater waren in der Nähe.

»Wir dürfen doch nicht...!«, zischte sie Jakob zu. Doch der hörte nicht auf, sie zu sich zu winken.

Tim und Meike eilten nach draußen.

»Sag mal, spinnst du!«, pfiff Tim ihn gleich zurecht. Doch bevor er weiterreden konnte, fiel Jakob ihm ins Wort.

»Ich habe die Schritte gezählt«, verriet er mit weit aufgerissenen Augen. »Aber es passt nicht.« Er holte tief Luft und hämmerte mit seiner Faust gegen die Burgmauer.

»Genau hier auf der anderen Seite ist die Tür, die wir nicht öffnen sollen«, flüsterte Jakob. »Aber... das kann doch nicht sein...«

Er legte sein Ohr an den Stein und lauschte.

Tim lief es kalt den Rücken herunter. Trotz der tief stehenden Sonne. Jakob war der Beste in Mathe. Auf seine Berechnungen konnte man sich immer verlassen. Die verbotene Tür führte also in die Mauer hinein – aber nicht wieder heraus.

»Das ist doch unmöglich!«, rief Meike. Aber auch sie wusste, dass Jakob sich nicht verrechnet haben konnte. An dieser Stelle hätte die Tür nach draußen führen müssen. Doch da waren nur Steine.

»Ich glaube, Bartholomäus hat die Wahrheit gesagt«, flüsterte Jakob. »Es ist wirklich das Tor zu einem geheimen Ort.«

Tim schluckte. »Und ich habe vorhin gesehen, wie die Klinke heruntergedrückt wurde«, berichtete er atemlos. »Von innen.«

Die drei hatten augenblicklich das Gefühl, dass ein Abenteuer in der Luft lag.

»Was macht ihr Spinner denn da?«, höhnte es in diesem Moment von oben. Daniel natürlich.

»Kein Wort zu dem Typen!«, zischte Jakob.

»Gänseblümchen pflücken«, antwortete Tim schnell. »Wir wollen Frau Kruse einen Kranz für die Haare flechten.«

Daniel schnaufte nur verächtlich. Zu gerne hätte er gewusst, was die drei wirklich an der Mauer gemacht hatten. Das sah Tim ihm an. Doch Tim würde das Geheimnis auch unter Androhung der chinesischen Wasserfolter nicht preisgeben.

Kapitel 4

»Komm mit!«

Den Rest des Abends spielten die Jungs im Burghof Fußball. Ein paar Mädchen, unter ihnen Meike und Charlotte, waren auch dabei. Doch irgendwann erschien Bartholomäus.

»Macht etwas langsamer, ja?!«, rief er. »Ihr seid ja bis auf den geheimen Kontinent zu hören.«

Alle lachten. Sie hielten dieses Land noch immer für eine Erfindung des alten Mannes. Doch Tim, Meike und Jakob sahen sich wissend an.

Als es dunkel wurde, schickte Angelika Kruse alle in die Schlafsäle. Wie auf jeder Klassenfahrt brauchte es ungefähr fünfundzwanzig Ermahnungen, bis auch wirklich jeder Schüler in seinem Bett lag.

Tim streckte sich und gähnte. Das war wirklich ein außergewöhnlicher Tag gewesen! Plötzlich streifte ihn ein kalter Luftzug, und jemand säuselte ihm ins Ohr: »Komm mit!«

Tim saß sofort aufrecht im Bett. Im ganzen Saal war es ruhig. War das gerade nur ein Traum gewesen?

Er blickte zur Tür – und sein Herz blieb beinahe stehen. Eine blasse Hand ragte in den Raum hinein. Die Hand bewegte sich. Sie forderte Tim auf, ihr zu folgen. War das Bartholomäus?

Tim schüttelte sich. Er verspürte nicht die geringste Lust, durch die einsame, kalte Burg zu laufen und einer blassen Hand zu folgen.

Doch die Hand verschwand nicht. Sie winkte Tim die ganze Zeit über zu. »Komm mit!«, rief eine heisere Stimme immer wieder. Von Mal zu Mal wurde sie lauter und drängelnder.

Schließlich sprang er vom Bett und schlich im Schlafanzug aus dem Saal. Draußen sah er gerade noch einen Schatten Richtung Rezeption verschwinden.

»Warte«, zischte Tim. »Meike muss auch mit.«

So vorsichtig wie möglich öffnete Tim die Tür zum Mädchenschlafsaal. Zum Glück hatte Meike ihm am Abend noch ihr Bett gezeigt. Leise rüttelte Tim seine Freundin wach. Meike stellte keine Fragen. Wenn Tim sie mitten in der Nacht weckte, musste es einen guten Grund geben. Dann sah auch sie die blasse Hand und folgte Tim so geräuschlos wie möglich.

Das Wesen lief immer gerade so, dass Tim und

Meike es nicht richtig sehen konnten. Schließlich ging es hinter der Rezeption in Deckung. Die war nachts natürlich nicht besetzt. Trotzdem brannten die vier Kerzen im Kerzenständer auf der Theke. Ihr Flackern zauberte gespenstische Schatten an die Wand dahinter.

»Jetzt werden wir ja sehen, wer uns hier herumscheucht«, sagte Tim leise. Er nahm all seinen Mut zusammen und ging um den Tresen herum – aber da war niemand.

Dafür flatterte etwas Weißes durch die Luft. Im ersten Moment dachte Tim, eine Taube hätte sich in die Burg verirrt. Doch dann landete das Weiße auf dem Steinboden. Es war ein Brief. Tim bückte sich, um ihn aufzuheben. Er griff in seine Tasche, um sein Handy herauszuholen. Doch die Tasche war leer. Frau Kruse hatte ja alle Smartphones eingesammelt. Kein Handy, keine Taschenlampe.

Also zog Tim den Kerzenständer näher heran und betrachtete den Umschlag. Er war eindeutig mit der Post verschickt worden, denn die Briefmarke darauf war abgestempelt. Auf der Vorderseite stand die Adresse der Burg.

Tim wollte ihn gerade zurück auf die Theke legen, da hielt Meike seinen Arm fest. Sie tippte mit dem Finger auf die oberste Zeile der Adresse. Dort stand:

»Heike und Jim?«, wunderte Tim sich. »So heißt bei uns doch keiner.«

Meike rollte mit den Augen. »Mann, damit sind wir gemeint!«, sagte sie. »Jim ist Tim und Heike soll Meike bedeuten.«

Tim schüttelte den Kopf. »Nein, das kann nicht sein«, widersprach er. »Schau dir den Poststempel an. Der Brief wurde schon vor einer Woche abgeschickt. Von meinen Eltern ist der jedenfalls nicht. Die wissen, dass ich nicht Jim heiße.«

Meike knuffte ihren Freund mit dem Ellbogen. »Blödmann!«, beschwerte sie sich. Sie nahm den Umschlag und drehte ihn um. Auf der Rückseite war er mit einem Siegel verschlossen. In dem Wachs war der Kopf eines Hofnarren zu erkennen.

»Das … Das ist die gleiche Gestalt wie an der Tür«, stammelte Meike. »Der hat uns bestimmt belauscht und unsere Namen nicht richtig verstanden …« Sie schluckte. Konnte das alles sein?

Die beiden warteten noch ein, zwei Minuten ab, doch das Wesen mit der blassen Hand tauchte nicht mehr auf. Schließlich öffneten sie den Umschlag. Mit offenen Mündern lasen die beiden den Inhalt.

Helft uns!
Siegfried ist erwacht. Er frisst alle Geschichten, Märchen und Sagen auf. Bald schon werden sich viele Bücher auf den anderen sieben Kontinenten nicht mehr aufschlagen oder aus den Regalen ziehen lassen. Lesen schon gar nicht.
Jim und Heike, ihr müsst auf den Achten Kontinent kommen! Bringt den Lindwurm wieder zum Schlafen. Es ist verknorkst ernst.
Ein Freund.

Tim und Meike sahen sich an. »Daniel?«, flüsterte Tim. »Meinst du, er steckt dahinter?«

Meike schüttelte den Kopf. »Der würde spätestens jetzt loswiehern. Nein, entweder der Brief ist wirklich vom Achten Kontinent, oder Bartholomäus vertreibt sich die Langeweile, indem er Schüler verwirrt.«

Meike drückte gedankenverloren auf dem Umschlag herum. Da war doch etwas!? Sie schüttete ein Medaillon in ihre Hand. Es hing an einer goldenen Kette und zeigte ein Pferd mit Flügeln.

»Das ist echt gruselig«, stammelte Tim leise. »Ich schlage vor, wir gehen jetzt schlafen. Morgen fragen wir den alten Bartholomäus, ob er mehr weiß.«

Meike war einverstanden. Gerade als sie gehen wollte, entdeckte sie am Schlüsselbrett hinter dem Tresen noch einen Schlüssel. Anders als die Zimmerschlüssel hatte er einen besonderen Anhänger: eine Narrenkappe. »Das ist sicher der Torschlüssel zum geheimen Kontinent«, vermutete sie.

Tim antwortete nicht. Für heute hatte er eindeutig genug aufregende Dinge erlebt.

Doch zurück im Schlafsaal, bekam Tim kein Auge zu. Geheimer Kontinent? Das Ganze hörte sich zu fantastisch an, um wahr zu sein. Als die Turmuhr Mitternacht schlug, spürte Tim wieder einen Luftzug. Diesmal aber erkannte er, wer da an seinem Bett vorbeihuschte. Es war der kleine Jakob. Tim fühlte sich seit gestern verpflichtet, auf ihn aufzupassen. Also lief er Jakob nach. Ivys Vater schnaufte kurz, als Tim die Tür erreichte. Doch auf ein Dutzend Jungs aufzupassen, hatte ihn offensichtlich völlig geschafft. Er schlief wie ein Murmeltier.

Zielstrebig eilte Jakob zur Rezeption und holte sich den Schlüssel mit der Narrenkappe. Offenbar hatte er am Abend die Burg noch weiter ausgekundschaftet und den Schlüssel entdeckt. Jakob durchquerte das Museum, schlich in die Bibliothek und steckte den Schlüssel ins Schloss der verbotenen Tür, gerade als auch Tim den Raum erreichte.

»Jakob, nicht!«, rief Tim so laut er konnte. Jakob drehte sich um.

»Halte mich nicht auf!«, antwortete er. Dabei zitterte er am ganzen Leib. »Einmal in meinem Leben will ich etwas Mutiges tun!«

Dann öffnete er die Tür. Dichter Qualm drang in die Bibliothek. Jakob machte einen Schritt vorwärts. Mit zwei Sprüngen war Tim an der Tür. Er grapschte in den Qualm hinein und versuchte den Kleinen zu packen. Doch Jakob war verschwunden.

Ein kehliges Lachen erklang. Auf der Vorderseite der Tür bebte der Mund des Narren. So schnell er konnte, rannte Tim aus dem Raum.

Kapitel 5

Eine Treppe, die nur abwärts führt

Drei Minuten später stand Tim erneut in der Bibliothek. Er hatte alles angezogen, was ihm seine Mutter für die Waldwanderungen eingepackt hatte: seine Cargohose mit den zwölf Taschen, einen Pulli in Tarnfarben, wasserdichte Schnürstiefel und eine Schirmmütze. In der Hand hielt er den Kerzenständer mit den vier Kerzen.

Meike, die er auf dem Rückweg sofort geweckt hatte, war schon da.

»Willst du zu einer Marsexpedition?«, fragte sie bei Tims Anblick. Tim antwortete nicht. Über den Mars wusste er wenigstens ein paar Dinge. Über den Achten Kontinent rein gar nichts.

Meike lehnte sich ein Stückchen nach vorne und sah durch das Tor. Noch immer quoll dichter Qualm aus dem Loch in der Mauer. Es roch nach Schwefel. Schnell ging sie wieder ein paar Schritte zurück.

»Und Jakob, unser kleiner Jakob, ist wirklich da reingegangen?«, erkundigte sie sich erneut.

Tim nickte. »Wohin auch immer die Tür führt«, sagte er, »wir müssen Jakob helfen, sonst kehrt er sicher nie mehr zurück.«

Nun gab es kein Zögern mehr. Jakob hatte ihnen die Entscheidung abgenommen. Sie mussten auskundschaften, was es mit Tor und Brief auf sich hatte. Jetzt.

»Helden unterscheiden sich von normalen Menschen dadurch, dass sie ungewöhnliche Dinge tun«, flüsterte Tim. »Sie machen da weiter, wo andere aufgeben.«

Meike nickte. Sie griff an ihren Hals und zog eine Kette aus dem T-Shirt. Es war die Kette mit dem Medaillon, das in dem Umschlag an Jim und Heike gesteckt hatte. Meike küsste das geflügelte Pferd. Das brachte hoffentlich Glück. Dann nahm sie Tims Hand. Tim atmete noch einmal tief durch, dann traten sie durch die Tür.

Trotz der vier Kerzen hatte Tim Mühe, etwas zu sehen. Der Qualm biss in den Augen. Sie waren in einem niedrigen Gang. So viel konnte er erkennen. Der Boden unter seinen Füßen war nicht glatt, sondern uneben. So als wäre der Stollen hastig in einen Berg getrieben worden. Nach ein paar Metern war der

Schwefelgeruch verschwunden. Dafür roch es nun nach Moos und Pilzen. Von der Decke tropfte eine Flüssigkeit. Tim hoffte, dass es bloß Wasser war. Ein ungutes Gefühl machte sich in ihm breit. Sein Magen krampfte sich zusammen, sein Hals war wie zugeschnürt. Musste er wirklich ein Held sein?

Meike hielt noch immer Tims Hand und war dicht hinter ihm. Das gab Tim die nötige Kraft, um weiterzugehen. Ja, er wollte da weitermachen, wo andere aufgaben!

Doch kaum waren die beiden zehn Schritte von der Bibliothek entfernt, gab es hinter ihnen einen dumpfen Knall. Die Tür war zugefallen. Oder hatte sie jemand zugeworfen? Das kehlige Lachen des Narren klang durch das dicke Holz. Gespenstisch hallte es von den Wänden des Ganges wider.

Drei der vier Kerzen erloschen durch den Luftzug. Tim schluckte. »Worauf haben wir uns da nur eingelassen«, würgte er hervor. »Sollen wir nicht lieber umkehren?«

Meike zerquetschte Tims Finger beinahe, so fest umklammerte sie seine Hand.

»Wir sind auserwählt worden, einen ganzen Kontinent zu retten«, sagte sie mit zittriger Stimme. »Und alle Geschichten der Welt. Willst du den Briefschreiber enttäuschen?«

Tim schüttelte den Kopf. Aber es war verdammt noch mal nicht leicht, ein Held zu sein.

»Okay, weiter…«, sagte er dann. Mit der letzten Flamme entzündete er die anderen Kerzen wieder. Trotzdem ertastete er vor jedem Schritt den Boden mit den Füßen.

Tim wunderte sich immer mehr. Wo führte der Gang hin? Wie Jakob gestern Abend berechnet hatte, mussten sie sich eigentlich in der Burgmauer befinden. Die war aber weniger als zwei Meter dick. Es konnte nur so sein, dass sie bereits in einer anderen Welt angekommen waren. Tim schnaufte tief durch. Was für Überraschungen wohl auf sie warteten?

Beim nächsten Schritt fühlte er eine Stufe.

»Das muss die Treppe sein, von der Bartholomäus gesprochen hat«, flüsterte er. »Die Treppe, die nur nach unten führt, nicht mehr nach oben. Sollen wir wirklich …?«

»Ja!«, unterbrach Meike ihn.

Tim ärgerte sich ein bisschen, dass er nicht so mutig war wie Meike. »Ich gehe auf jeden Fall weiter«, sagte er dann und bemühte sich, möglichst furchtlos zu klingen. »Ich dachte nur, dass du vielleicht umkehren willst.«

Meike lachte. Tim konnte ihr Gesicht nicht sehen, aber er wusste, dass die Augen seiner Freundin abenteuerlustig aufblitzten. Er ballte die Faust. Ja, sie würden den Briefschreiber nicht enttäuschen!

Kaum hatte Tim diese Entscheidung getroffen, ging es etwas leichter. Die Angst war der Neugierde gewichen. Er fürchtete sich nun nicht mehr vor den Überraschungen auf dem Achten Kontinent, sondern war gespannt darauf, was er dort alles Neues kennenlernen würde. Acht Milliarden Menschen gab es auf den sieben allgemein bekannten Kontinenten. Wie viele davon waren jemals auf dem Achten gewesen? Diese besondere Einladung hatten vor ihm und Meike sicher nicht viele Menschen bekommen.

»Hundertzwölf, hundertdreizehn, hundertvierzehn...«, zählte Meike die Stufen. Die Treppe führte steil nach unten. Über die schwarzen Wände flackerte der Kerzenschein.

»Stopp!«, sagte Tim plötzlich. Sein Entdeckergeist war zurück. Er wollte etwas ausprobieren. »Halt mal!«

Er drückte Meike den Kerzenständer in die Hand.

»Ich will wissen, wie das mit der Treppe ist«, erklärte Tim. »Ob man die wirklich nicht mehr nach oben gehen kann.«

Meike stand auf der gleichen Stufe wie er. Langsam hob Tim das Bein und trat auf die Stufe darüber. Er sah nach links. Meike war noch immer neben ihm.

Tim probierte es noch einmal. Er hüpfte zwei Stufen nach oben. Meike war neben ihm.

Nun rannte Tim. Er hatte das ein paarmal mit Freunden auf einer Rolltreppe im Kaufhaus gemacht. Wenn man schnell genug war, kam man gegen die herabfahrende Treppe an. Aber nur im Kaufhaus. Hier funktionierte es nicht. Sosehr Tim sich auch abmühte. Er blieb immer auf der gleichen Stufe wie Meike.

Es war, wie Bartholomäus gesagt hatte: Die Treppe führte nur nach unten. Rückkehr unmöglich.

Kapitel 6

Mein Freund, der Baum

Fünfhundertfünfundfünfzig Stufen hatte Meike gezählt, dann endete die Treppe. Tims Beine zitterten, so
sehr hatten sich seine Muskeln anstrengen müssen. Ab
hier ging es wieder eine ganze Weile geradeaus. Tim
ging jetzt noch schneller. Er hatte die Dunkelheit und
die Enge satt und wollte wieder hinaus ins Freie. Plötzlich stand er vor einer Tür. Beinahe wäre Tim dagegen-
gelaufen. Erst im letzten Moment stoppte er. Tim hob
den Kerzenständer ganz dicht an die Tür. Ihr Holz war
genauso grob behauen wie das in der Bibliothek. Auch
die Klinke sah ähnlich aus und in der Mitte prangte
auch hier ein Bronzekopf mit einem Ring. Das Gesicht jedoch war ein anderes. Es war ein Drachenkopf.
Den Ring hielt er grimmig zwischen seinen Zähnen.
Siegfried? Tim und Meike hatten gesehen, wie sich der
Kopf in der Bibliothek bewegt hatte. Mit diesem hier
wollten sie erst recht keine Bekanntschaft machen.

Vorsichtig griff Meike an ihrem Freund vorbei nach der Klinke und drückte sie herunter. Zu ihrer großen Überraschung schwang sie sofort auf. Grelles Sonnenlicht schlug ihnen entgegen. Es roch nun nicht mehr modrig und feucht, sondern nach Blumen und Wald.

Tim kniff die Augen zu. Nach der langen Zeit im Dunklen schmerzte die Helligkeit richtig. Er lehnte sich an die Wand neben der Tür und wartete ein paar Sekunden ab, dann öffnete er die Augen wieder. Enttäuscht biss Tim die Zähne zusammen. Das hier war keine andere Welt. Das war ein ganz normaler Wald!

»Nix geheimer Kontinent«, stöhnte Tim. »Wir haben einfach nur einen Geheimgang aus der Burg gefunden. Das ist alles.«

Meike stellte sich neben ihn. In der Tat sah es hier genauso aus wie rund um Burg Siegfriedszorn. Die Burg jedoch war nicht zu sehen. Außerdem war es nicht mehr Nacht, sondern helllichter Tag. Waren sie wirklich zwölf Stunden lang in dem Geheimgang gewesen? Unmöglich. Oder etwa doch?

»Hmmm«, machte Meike und ging ein paar Schritte vorwärts. Nun bemerkte sie, dass sich der Ausgang des Ganges im Stamm eines meterdicken Baumes befand. Das Tor fügte sich genau in die Maserung der

48

Rinde ein. Als Tim Meike folgte, fiel es zu. Tim stürzte zu dem Baum zurück, doch der Eingang war beim besten Willen nicht mehr zu finden.

Voller Wut auf sich selbst trat er gegen den Stamm. »Verdammt, geh wieder auf!«, rief er.

Sofort bekam er eine Antwort. »Nanana! Sollst du fluchen?«, brummte jemand. »Außerdem hat mir der Tritt wehgeturnt. Mach das nicht noch mal!«

Tim und Meike legten die Köpfe in den Nacken. Sie erwarteten, eine Frau in den Ästen des Baumes sitzen zu sehen. Doch stattdessen starrten zwei große Augen im Stamm auf sie herunter. Es waren die Augen des Baumes und der Mund darunter bewegte sich.

»Was glotzt ihr so?«, beschwerte sich der Baum. »Habt ihr noch nie mit einem Baum gespronken?«

Tim schüttelte den Kopf.

»Na, dann wurde es aber höchste Zeit!«, fand der Baum. »Ach übrigens, auf welcher Seite stunkt ihr? Fierter Fürst oder Vünfter Vürst?«

Tim wusste nicht, was er sagen sollte. Die beiden Namen hörte er zum ersten Mal. Meike jedoch konnten sprechende Bäume so schnell nicht aus der Ruhe bringen.

»Wer ist das?«, fragte sie einfach. »Haben die etwas mit Siegfried zu tun?«

Bei der Erwähnung dieses Namens schüttelte sich

der Baum. Seine Äste rauschten, seine Zweige knackten, sein Laub knisterte.

»Pssst!«, machte er und legte einen Ast an seine Lippen. »Und falls ihr ihn trefft, verratet ihm auf keinen Fall, dass ich mir manchmal Geschichten und lustige Worte ausdenke, abgemackelt?«

Meike nickte. »Klar, abgemackelt«, antwortete Meike. »Ganz fest verspronkelt!«

Der Baum kicherte. »Verspronkelt, das muss ich mir merken. Hihihi. Fest verspronkelt, ein tolles Wort, hihi!«

Der Baum neigte sich ein Stück zur Erde und hielt den beiden einen Ast entgegen. »Ich bin Astrid«, sagte er. »Es war lustig, euch kennenzulenken.«

Tim räusperte sich. Klar, es war lustig und seeeehr ungewöhnlich, mit einem Baum zu sprechen, der auch antwortete. Aber eigentlich waren sie aus einem anderen Grund hier.

»Hast du einen anderen Jungen gesehen, Astrid?«, wollte Tim wissen.

Der Baum kratzte sich mit einem Ast an der Rückseite des Stammes. »Hmmm, trägt er auch so murkswürdige Kleidung wie ihr?«

Tim und Meike nickten.

»Ja, den habe ich in der Tat gesehen«, fiel es dem Baum wieder ein. »Der kam auch aus der geheimen Tür. Aber der hat nicht mit mir geredet. Der ist gleich weggelaufen, als ich zu spoken angefangen habe.«

Der Baum beugte sich tief nach unten. »Das war

ein richtiger Schisser, wenn ihr mich frunkt«, murmelte er.

Tim schüttelte den Kopf. »Ja, Jakob wirkt oft sehr ängstlich«, antwortete er. »Aber das ist er nicht. Wenn er ein Angsthase wäre, dann läge er jetzt in seinem Bett auf der Burg.«

Der Baum nickte nachdenklich. »Ich glurbe, du hast recht, mein Freund«, sagte er.

»Wo ist Jakob denn jetzt?«, erkundigte sich Meike. »Kannst du das von da oben nicht sehen?«

Der Baum schüttelte seinen Wipfel. »Nein, meine Holzaugen sind nicht besonders gurt«, sagte er. »Aber vielleicht habt ihr bessere?«

Er beugte einen kräftigen Ast bis zum Moos hinunter. Meike und Tim verstanden sofort. Sie kletterten darauf und der Baum hob sie in die Höhe, bis weit über sein Gesicht hinauf.

Den beiden Freunden verschlug es glatt die Sprache. Vom Boden aus hatte das alles wie ein normaler Wald ausgesehen. Aber jetzt von hier oben sahen sie auch den Rest.

Tim entdeckte Ritter, die gerade ein Turnier austrugen. Mit Lanzen ritten sie aufeinander zu. Als einer im Staub landete, klatschten die Zuschauer. Es waren Burgfräulein, Zwerge, Rotkäppchen, sieben Raben und drei Riesen.

Etwas weiter entfernt auf einer Lichtung bemerkte Meike eine Handvoll Elfen, die an einer Quelle umeinanderschwebten. Wie ein Ballett sah das aus. Drei Einhörner grasten neben ihnen.

An einem Haus im Wald standen vier Tiere und starrten durch ein Fenster. Es waren ein Esel, ein Hund, eine Katze und ein Hahn. »Die Bremer Stadtmusikanten!«, rief Tim begeistert.

Aber dann verdunkelte der Schatten eines riesigen Vogels den Wald. Der Vogel Greif drehte eine Runde. Im Schnabel hielt er eine zappelnde Riesenschlange. Bei jedem Flügelschlag bogen sich die Bäume nach allen Seiten.

Tim und Meike konnten es nicht fassen. Überall tauchten plötzlich Wesen auf, die sie nur aus Märchen und Sagen kannten. Es war einfach fantastisch! Aber wenn man dem Briefschreiber und Bartholomäus glauben konnte, waren sie alle in Gefahr.

Und sie entdeckten noch etwas, das ihnen Angst machte. Quer durch das Land, genau auf die Burg zu, lief von zwei Seiten her ein riesiger Graben. Auf der einen Seite gruben Riesen, Elche und Bären, auf der anderen Zwerge, Maulwürfe und Wassergeister.

»Was ist das?«, stammelte Tim erschrocken.

»Das ist eine Idee der beiden Königssöhne«, schnaufte Astrid verächtlich. »Der Fierte Fürst und

der Vünfte Vürst teilen den geheimen Kontinent, damit sie sich nicht mehr sehen münzen. Und dabei …«
Der Baum seufzte schwer. »Und dabei haben sie Siegfried aufgewuckelt, der nun über alles herfällt, was mit Geschichten zu tun hat.«

Meike wollte noch etwas fragen, doch da sah sie einen Jungen, der mit einem Zwerg stritt. Der Zwerg sah aus wie die Gipsfiguren, die in vielen Vorgärten standen: rote Mütze, grüne Schürze, Spitzhacke, Schubkarre. Und der Junge sah aus wie … Jakob!

Kapitel 7

Troll dich!

Tim und Meike rannten durch den Wald, so schnell sie konnten. Aber trotzdem kamen sie zu spät. Als sie am Rand der Lichtung ankamen, suchten sie hinter einem dichten Busch Deckung. Jakob stieß gerade den Zwerg von sich. Sein Gesicht war rot vor Aufregung. Der Zwerg taumelte auf seinen kurzen Beinen ein paar Schritte rückwärts. Mit rudernden Armen konnte er gerade noch verhindern hinzufallen.

Aber nun war auch sein Gesicht rot – vor Zorn.

»Troll dich!«, rief der Zwerg. Dann lachte er. Offenbar war ihm eine bessere Idee gekommen.

»Du hältst dich wohl für besonders quark, was?«, keuchte er. »Dann sollst du auch was zu tun kruken.«

Meike flüsterte Tim ins Ohr: »Die Sprache hier ist eigentlich ganz einfach. Man muss nur für jeden Satz ein Wort neu erfinden. Das muss sich so ähnlich anhören wie das, was man sagen will.«

Tim nickte. Das hatte Meike gut herausgefunden. Was er sah, gefiel ihm allerdings weniger.

Der Zwerg nahm einen funkelnden Kristall aus seiner Schürzentasche und warf ihn nach Jakob.

»Arbeitstroll, Karre voll!«, rief er. Der Stein traf Jakobs Stirn. Es machte Pock! und Jakob krümmte sich. Er schien aber keine Schmerzen zu haben.

»Hihihi, hahaha!«, platzte es aus ihm heraus. »Aufhören… Hihihi, das kitzelt…!«

Jakob krümmte sich aber nicht nur, wie Tim und Meike mit Schrecken feststellen mussten. Er schrumpfte! Anfangs war Jakob noch einen Kopf größer gewesen als der Zwerg. Dann waren sie gleich groß und jetzt ging er dem Zwerg nur noch bis zum Bauch. Die Ärmel seines Hemdes rissen, die Schuhe platzten auf und große, behaarte Füße bahnten sich ihren Weg nach draußen. Seine Hände wurden größer und kräftiger, die Haare buschiger, ebenso die Augenbrauen. Ein riesiger Zahn wuchs ihm aus dem Mund. Dann stoppte die Verwandlung.

Jakob betrachtete seinen neuen Körper voller Erstaunen. »Jakob stark!«, sagte er – offenbar hatte sich auch sein Gehirn zurückentwickelt. Er bückte sich zu einem dicken Felsen und wuchtete ihn mit einem Ruck über seinen Kopf.

»Hohoho, Jakob starkstark!«, jubelte er.

Tim sah Meike an. Jakob redete wie ein Baby, aber wenigstens schien es ihm gut zu gehen.

»Jetzt bist du also starkstark«, wiederholte der Zwerg. Er lachte so heftig, dass sein Bauch wackelte. »Das musst du auch sein, denn du wirst für mich im Berg Edelsteine klupfen.«

Jakob starrte ihn traurig an. »Steine klopfen?«, fragte er.

Der Zwerg nickte. »Ja, das ist gut für dich«, flunkerte er. »Durch die viele Arbeit wird Jakob quarkstarkstark.«

Sofort war Jakob wieder fröhlich. »Jakob stark-starkstark?«, jauchzte er. »Wo Arbeit? Wo Arbeit?«

Tim atmete tief durch. Er hatte die Zauberkräfte des Zwerges mit eigenen Augen sehen dürfen. Trotzdem musste er jetzt eingreifen. Er war hier, um Jakob zurückzuholen. Das war erst mal wichtiger, als Geschichten zu retten.

»Viel Glück!«, piepste eine helle Stimme. Tim drehte sich um. Ein Hase mit einem Hirschgeweih zwischen den Ohren zwinkerte ihm aufmunternd zu.

»Halt, äh, Herr Zwerg!«, rief Tim, während er auf die Lichtung hastete. »Jakob, du rührst dich keinen Schritt mehr!«

Beide starrten Tim an. In Jakobs Augen blitzte etwas auf. Er schien den Jungen und das Mädchen zu erkennen. Aber nur kurz. Danach sah er fragend zu seinem Herrn und Meister.

»Alles gut, Jakob!«, versuchte der Zwerg seinen neuen Knecht zu beruhigen. »Die Herrschaften werden gleich wieder verschwutzen.«

Tim brauchte einen Moment, um das fremde Wort zu verstehen. »Nein, wir verschwutzen nicht!«, antwortete er barsch. »Jedenfalls nicht ohne unseren Freund Jakob. Den nurmeln wir mit uns!«

Der Zwerg war beeindruckt. »Oh, du spukst die Sprache des Achten Kontinents aber gut!«, lobte er.

»Trutzdem: Mein Arbeitstroll bleibt bei mir. Aus dem Grund habe ich ihn schlurzlich erschaffen.«

Meike ging zu Jakob und kniete sich neben ihn ins Gras. »Aber er ist unser Freund – ein Mensch – und kein Arbeitstroll«, widersprach sie. »Verschwurble ihn zurück. Bitte!« Sie umarmte den kleinen Jakob. Er zitterte am ganzen Leib vor Aufregung.

Der Zwerg stemmte seine Hände in die Hüften. »Ihn zurückverschwurbeln?«, rief er sauer. »Daran denkt Goliath gar nicht. Eher verschwurble ich auch euch!«

Er griff in seine Schürzentasche und holte zwei weitere Kristalle heraus. Er kniff ein Auge zu und zielte mit einem der Steine auf Meike.

Plötzlich aber entspannte sich sein Gesicht. Die Grimmigkeit war verschwunden, Goliath sah nun sehr fröhlich aus.

»Ihr seid Freunde von Peggy Sue?«, rief er und war sofort bei Tim. Er legte ihm seine mächtige Hand auf die Schulter. »Warum sagt ihr das denn nicht galurch?«

Tim verstand kein Wort. Aber scheinbar war es für ihre Gesundheit gut, Freunde von einer Peggy Sue zu sein.

»Klar sind wir das!«, sagte Tim. »Richtig dukke Freunde.«

Mit Tim im Arm, wanderte Goliath zu Meike und

Jakob. Auch Meike zuckte mit den Schultern. Sie hatte keine Ahnung, was die Stimmung des Zwerges so verändert hatte.

»Kommt her zu murr«, rief Goliath freundlich. Er beugte sich vor und starrte Meike an den Hals. Erst nach drei Herzschlägen wusste Meike, wohin der Zwerg sah: zu ihrem Medaillon.

»Du kennst Peggy auch?«, fragte sie scheinheilig.

Goliath riss die Augen auf. »Ob ich sie kenne, willst du wursteln? Aber laternlich! Und das kann ich auch bewutzen!«

Vorsichtig nahm er Meike die Kette ab und rieb das Pferd zwischen seinen schwieligen Fingern.

»Peggy Sue, komm im Nu«, reimte er. Es gab einen Knall. Tim und Meike zuckten zusammen und schlossen erschrocken die Augen. Als sie sie wieder öffneten, stand vor ihnen auf der Wiese ein Pferd. Ein Pferd mit Flügeln, um genau zu sein, ein Pegasus. Es sah genauso aus wie auf dem Medaillon.

»Peggy Sue!«, rief Goliath und warf sich dem Pegasus an den Pferdehals. »Schän, dich zu säbeln! Ist schon eine Weile her, oder?«

Das geflügelte Pferd schlug zweimal mit den Hinterhufen aus. »Puh, das kannst du laut sagen«, antwortete Peggy Sue. »Es war verdammt eng, da iiiin diesem Medaillon driiin.«

Sie sah zu Tim und Meike hinüber. »Aber die beiden sind im Augenblick meine Reiter, stimmt's?«, fragte sie.

Tim und Meike nickten. »Ja, und unser Auftrag ist kein kleiner«, erklärte Tim. »Wir wollen den Drachen Siegfried in seine Höhle zurückbringen!«

Peggy und Goliath sahen sich verwirrt an. »Höhle zurückbringen?«, platzte der Zwerg dann heraus. »Was soll das heißen?«

Meike stupste Tim an. »Entschuldigung, Tim spukt eure Sprache noch nicht so gut«, erklärte sie. »Er meinte, wir wollen den Drachen in seine Harle zurückbrutzeln.«

Jetzt waren die beiden Einwohner noch verwunderter. »In die Harle zurückbrutzeln?«, riefen sie wie aus einem Munde. »Das ist unmurklich!«

Tim und Meike nickten. »Deshalb sind wir hier.«

»Du wirst uns zu ihm bringen, äh, brutzeln, Peggy«, sagte Tim schnell. »Und Jakob nehmen wir selbstverständlich mit.«

Goliath nickte. »Ist gurt!«, sagte er mit hängendem Kopf.

Jakob hüpfte und sprang zu dem geflügelten Pferd.

»Äh, könntest du ihn bitte noch zurückverschwurbeln?«, bat Tim.

Der Zwerg jedoch zuckte mit den Schultern. »Zurückverschwurbeln? Wie soll ich das machen? Ich bin ein Zwerg, kein Zauberer. Ich kann niemanden zurückverschwurbeln.«

Meike seufzte. »Hoffentlich kann ihn überhaupt jemand wieder zurückverschwurbeln«, murmelte sie. Dann setzten sich alle drei auf Peggy Sues Rücken und der Flug ging los.

Kapitel 8

Das sind ja schöne Aussichten

Tim saß wie ein Ritter auf Peggy Sues Rücken – und er fühlte sich großartig. Hinter ihm war Meike und hielt sich an seiner Hüfte fest. Vor Tim auf Peggys Hals kauerte Jakob. Mit einer Hand klammerte sich der kleine Kerl an Peggys Mähne fest. Mit der anderen wedelte er durch die Luft.

»Hui!«, jubelte Jakob, und als er den Kopf herumriss, sahen Tim und Meike seine strahlenden Augen.

Tim atmete auf. Jakob schien zumindest nicht zu leiden oder sich als Troll unwohl zu fühlen. Trotzdem war natürlich klar, dass sie alles versuchen würden, ihn zurückzuverschwurb... äh ...verzaubern.

Peggy galoppierte durch die Luft, als würden ihre Hufe den Boden berühren. Dabei bewegten sich die weißen Flügel gleichmäßig auf und ab. So kletterte das geflügelte Pferd den Wolken entgegen, als würde es eine unsichtbare Treppe nach oben traben.

Meike und Tim konnten nun weit ins Land hineinsehen. Da waren Wälder, Wiesen, Berge, Täler, Schluchten, Wüsten und ewiges Eis. Quer durch das Land zog sich ein Graben. An einigen Stellen schien er bereits fertig zu sein. An anderen wurde gerade erst mit dem Buddeln begonnen.

»Dabei wurde sicher der Lindwurm geweckt«, vermutete Meike. »Aber warum wollen sich die Brüder denn nicht mehr sehen?«

Die Frage war eigentlich an Tim gerichtet. Doch Peggy Sue beantwortete sie.

»Das wiiiiisst ihr nicht?«, war sie erstaunt. »Es gab Streit. Unser König ist gestorben und beide Söhne wollten ihn beerben. Der Fiiiiiierte Fürst und der Vünfte Vürst. Weil siiiie sich nicht einigen konnten, will nun jeder eine Hälfte des Kontinents. Und dabei wurde Siegfriiied geweckt.«

Tim nickte stumm in sich hinein. Es ging also um Macht. Keiner der beiden Brüder wollte dem anderen die Krone überlassen. Jeder wollte selbst herrschen – und das war nun dabei herausgekommen.

»Ich will mir den Graben aus der Nähe ansehen«, beschloss er. Meike schob von hinten ihre Hand nach vorne. Der Daumen zeigte nach oben.

»Alles klar!«, wieherte Peggy. »Alle anschnallen, dann legen wiiiiir mal einen Zahn zu!«

Das geflügelte Pferd galoppierte in vollem Tempo über den Himmel. Meike staunte. Zu Hause ritt sie zweimal die Woche. Das hier fühlte sich genauso an, wie auf einem richtigen Pferd durch den Wald zu reiten. Nur dass sie mindestens fünfhundert Meter über dem Erdboden waren.

Jakob zappelte aufgeregt hin und her. »Jakob fliegen!«, rief er begeistert. Übermütig machte er einen Handstand. »Und Jakob starkstark.«

»Jakob!«, ermahnte Tim ihn. Er packte Jakob mit einer Hand und zog ihn zu sich heran. So konnte der Trolljakob nicht noch mehr Unfug machen.

Jakob verzog das Gesicht und seine Lippen bebten. Er konnte es sichtlich nicht leiden, ausgeschimpft zu werden.

»Nachher, wenn wir wieder am Boden sind, darfst du herumtollen, wie du willst«, beruhigte Tim ihn. »Aber hier oben in der Luft ist es zu gefährlich.«

Jakob nickte und kuschelte sich an Tim.

Unter ihnen war jetzt ein Birkenwald. Weiße Hirsche reckten ihre Hälse nach dem fliegenden Pferd.

Der Wald ging in eine Graslandschaft über, in wilde, ungezähmte Natur. Bäche plätscherten, Forellen sprangen in hohen Bögen aus dem Wasser, Bären jagten sich durch die Hügel. Vor einer schiefen Holzhütte in der Mitte der Landschaft stand ein bestimmt drei Meter großer, dünner alter Mann. Sein Gesicht war von einem Schlapphut bedeckt, aber den langen weißen Bart sahen Tim und Meike auch so. Der Mann hatte einen riesigen Wolf neben sich, den er mit einer Hand streichelte. Rund um seine Hütte waren Dutzende von Holzspießen in der Erde, auf denen blanke Tierschädel aufgesteckt waren.

Tim schüttelte sich. Das war wirklich ein gruseliger Ort!

Peggy Sue schien seine Gedanken zu erahnen und trabte wieder höher. Die Graslandschaft endete an den Füßen eines Gebirges.

»Noch diiiese Berge, dann sind wiiir da!«, versprach Peggy. In weitem Bogen flog sie nach oben. Meike musste sich fest an Tim klammern, um nicht von Peggys Rücken zu rutschen. Nur Jakob fürchtete sich kein bisschen. »Huuuuiiii!«, rief er aufgeregt. Tim fühlte das Herz des Kleinen beben.

Die Berge, die sie überflogen, waren hoch und schneebedeckt. Tim fror trotz seiner Expeditionsausrüstung. Die drei Freunde pressten sich eng aneinander, um sich gegenseitig zu wärmen.

Auf einem Bergrücken stapfte ein Yeti durch den tiefen Schnee. Steinböcke mit Flügeln wurden von Elfenfrauen geritten. Zwerge mit grauer Schneekleidung schaufelten eine Treppe frei, die auf den höchsten Gipfel führte. Dort oben herrschte dichter Schneesturm. Trotzdem konnten die drei die Umrisse eines Eispalastes erkennen.

»Die Schneekönigiiiin«, erklärte Peggy. »Es wird iiiimmer kalt, wenn sie auf ihrem Schloss iiiist.«

Haarscharf segelte das geflügelte Pferd am Schlossturm vorbei. Drei Eiszapfen brachen ab und bohrten sich hundert Meter tiefer wie Dolche in den Schnee.

»Jakob kalt!«, nörgelte der Troll.

Tim schlang seine Jacke ein wenig um seinen geschrumpften Klassenkameraden und richtete seinen Blick auf den Horizont.

Dann tauchte in der Ferne zum Glück wieder grüne Landschaft auf. Und eine riesige Staubwolke. Nein, eher eine Staubwand. Wie ein brauner Vorhang teilte sie den Himmel. Unten auf dem Boden wurde die Erde aufgerissen. Die Wesen, die das taten, waren nicht zu sehen.

»Auf diiiieser Seite des Grabens ist noch alles so wiiiiie früher«, rief Peggy gegen den Baustellenlärm an. »Siiiigfried hat biiiisher nur auf der anderen Seite des Kontinents gewütet. Seid iiiihr bereit für die schreckliche Seite?«

Kapitel 9

Öde Orte

Mit hoher Geschwindigkeit flog das geflügelte Pferd auf den Staubvorhang zu.

Waren Tim, Meike und Jakob bereit, die schreckliche Seite des Kontinents zu sehen? All die Zerstörung, die der Lindwurm Siegfried angerichtet hatte?

Die drei Freunde wussten es nicht. Sie hatten ja keine Ahnung, was sie auf der anderen Seite des Grabens erwarten würde.

Doch Peggy Sue nahm ihnen die Entscheidung sowieso ab. »Festhalten!«, kommandierte der Pegasus. Dann tauchte Peggy in den Staub ein. Tim, Meike und der kleine Jakob mussten die Augen schließen. Als sie sie wieder öffneten, stand Peggy auf dem Boden des Grabens.

Er war an dieser Stelle mindestens fünfzig Meter tief und genauso breit. Die Bauarbeiten waren voll im Gange. Elche mit gigantischen Geweihen rissen die

Erde auf. Riesen schaufelten Erde und Geröll mit bloßen Händen in Körbe. Je sieben Raben hoben jeden Korb mühsam in die Höhe und flatterten mit ihm davon. Andere Vögel kehrten mit leeren Körben zurück.

Peggy Sue trabte noch ein kurzes Stück auf festem Grund weiter. Als sie schließlich stoppte, standen die vier in einer großen Höhle. Tim musste sich schütteln. Überall lagen verkohlte Knochen, zersplitterte Äste und zerfetzte Buchseiten herum. Von der Decke hingen Tropfsteine, auf die Bücher gespießt waren. Es roch nach Schwefel und Asche. Das hier war eindeutig das Zuhause eines Drachen. Tim lief ein eiskalter Schauer den Rücken hinunter.

»Hallöchen!«, brummte es da hinter ihnen. Die Stimme war so tief, dass die Tropfsteine wackelten.

Tim und Meike drehten sich erschrocken um. Jakob sprang wie ein Gummiball hinter einen Felsen in Sicherheit. »Angst bisschen!«, quietschte der Troll.

Ein Riese kniete am Eingang der Höhle. Seine Hände waren dreckverschmiert und voller Haare. Seine Nase war so groß wie ein Kartoffelsack, seine Lippen erinnerten an ein prall aufgeblasenes Schlauchboot. Auch die Augen waren riesig, aber sie blickten traurig auf die drei Freunde. Tim glaubte sogar, dass der Riese mehr Angst hatte als Jakob.

»Ich bin Flohrian«, stellte der Riese sich verlegen

vor. »Meine Eltern haben mich so genudelt, weil ich der Leichteste in meiner Familie bin.«

Tim verbeugte sich. »Ich werde Tim genudelt«, sagte er. »Die anderen sind Meike, Peggy Sue und Jakob.«

Flohrian nickte. »Sucht ihr Siegfried?«, fragte er. »Der kommt nicht mehr.«

Und dann erzählte der Riese Flohrian, was genau sich hier zugetragen hatte. Beim Graben waren die Zwerge auf einen Hohlraum gestoßen. Erschrocken hatten sie feststellen müssen, dass dies das Zuhause von Siegfried war. Der Ort, an den er von den ersten Königen verbannt worden war. Der Lindwurm schlief, doch dummerweise hatte einer der Zwerge ein Buch dabeigehabt.

»Der Duft der Geschichte ist in Siegfrieds Nase gestiegen«, berichtete Flohrian. »Zuerst hat er die Nüstern weit aufgerissen, dann die Augen, dann sein Maul. Und schließlich war der ganze Lindwurm hellwurst. Er verjagte den armen Zwerg mit einem Fauchen. Das Buch jedoch fraß Siegfried auf. So kam er wieder zu Kräften.«

Der Riese seufzte. Der Luftstrom, der dabei aus seinen Nasenlöchern strömte, ließ Meikes Haare flattern.

»Als Nächstes hat er die Bibliothek der Burg geplündert«, fuhr Flohrian fort. »Er schleppte viele, viele Bücher hierher und fraß sich kugelrund. Da konnte er noch nicht fliegen, wie die meisten Lindwürmer. Vor einer Woche aber breitete er seine mickrigen Flügel aus und flatterte. Drei Tage haben wir abgewinkelt, aber er kehrte nicht zurück. Dann mussten wir weitergraben.«

Meike schüttelte ungläubig den Kopf. »Ein gefährlicher Drache ist erwacht?«, rief sie. »Und die Brüder haben trotzdem nicht mit dem Streiten aufgehört?«

Flohrian schüttelte den Kopf. Dabei brach er mit seinen Haaren ein paar der Tropfsteine ab.

»Nein«, sagte er traurig. »Die sprechen gar nicht mehr spiegeleinander.«

Genudelt, hellwurst, spiegeleinander – der Riese dachte offenbar ständig ans Essen.

»Vielen Donut!«, sagte Tim. »Wir sind hier, um euch zu helfen.«

»Ihr?«, schnaubte Flohrian. »Ihr seid doch Menschen? Was geht euch unser Kummer an?«

Meike ging zu dem Riesen und legte ihm die Hand auf den Zeigefinger.

»Weil nicht nur ihr leidet«, verriet sie ihm. »Auch uns auf den anderen sieben Kontinenten wird es ohne Geschichten bald sehr schlecht gurken.«

Jakob traute sich aus seinem Versteck und nickte. »Ohne Buch verhungert Kopf!«, rief er aufgeregt.

Peggy Sue nickte. »Riiiiichtig!«, stimmte sie zu. »Das werdet iiiihr jetzt sehen, wenn wiiiir weiterfliegen.«

Das geflügelte Pferd trippelte neben einen Felsen. Tim und Meike stiegen auf. Der Jakobtroll jedoch war dafür zu klein. Mit erhobenen Armen stand er vor dem Pegasus. Meike und Tim zogen ihn gemeinsam nach oben.

Peggy Sue trabte sofort los. An Flohrian vorbei schoss sie ins Freie. Sie galoppierte genau auf einen

Trupp Zwerge mit Spitzhacken zu. Als Peggy mit ihren Passagieren über sie hinwegbrauste, hielten die Zwerge ihre Zipfelmützen fest.

Noch einmal schlug Tim, Meike und Jakob der Staub entgegen. Dann sahen sie die andere Seite des Achten Kontinents.

Nur unweit des Grabens stand eine Burg. Tim schüttelte ungläubig den Kopf. Die Burg vor ihnen war eindeutig Burg Siegfriedszorn! Meike erkannte sie auch. Es hätte sie kaum gewundert, wenn Frau Kruse auf einem der Türme gestanden hätte. Auf den Mauern und hinter den Fenstern waren jede Menge Wesen zu erkennen. Jakob winkte ihnen zu. Doch keiner winkte zurück.

Als Peggy Sue näher an die Burg heranflog, bekamen alle drei einen Riesenschreck. Alle Bewohner der Burg starrten regungslos in die Ferne. Ihre Augen hatten jeden Glanz, jede Lebendigkeit verloren.

»Sind sie…?«, stammelte Meike. Sie traute sich nicht, das letzte Wort auszusprechen. Doch Peggy Sue wusste auch so, was Meike meinte.

»Nein«, antwortete das geflügelte Pferd. »Sie leben noch. Aber siiiie *er*leben nichts mehr. Siegfried hat alle Geschichten aufgefressen, in denen siiiie vorkommen sollten. Jetzt haben siiiie nichts mehr zu tun, als rumzustehen und zu warten.«

Jakob schlug sich die Hände vor sein verhutzeltes Trollgesicht. »Alle traurig!«, rief er. »Öde Orte. Jakob auch traurigtraurig.«

Und genauso war es in jedem Gebiet, über das Peggy Sue hinwegflog. Zwerge standen regungslos vor ihren Häusern. Eine Hexe war über eine blaue Blume gebeugt. Löwen mit Flügeln lagen gelangweilt unter einem Baum. Sie gähnten nicht einmal.

Der Pegasus durchquerte mit seinen drei Reitern einen Großteil dieser Hälfte des geheimen Kontinents. Doch wo sie auch hinkamen, herrschten Stille und Langeweile. In manchen Wäldern schwiegen sogar die Bäume. Kein Blatt bewegte sich mehr an ihren Ästen. Es war, als wäre das gesamte Land in einen Dornröschenschlaf gefallen.

»Da!«, brüllte Jakob plötzlich aufgeregt und wedelte mit beiden Armen. »Mensch schnellschnell laufen!«

Tim blickte dem Kleinen über die Schulter. Tatsächlich! Er atmete tief durch. Es gab also auch auf dieser Seite des Grabens noch Hoffnung. Dort unten, zwischen den baumlangen rosafarbenen Sonnenblumen, lief in hohem Tempo ein Mensch.

Tim wollte gerade die Faust ballen, als er Meikes Hand auf seiner Schulter spürte.

»Das… Das ist Daniel!«, stotterte sie. Und ihr Klassenkamerad hatte wirklich allen Grund zu rennen!

Kapitel 10

Daniel rennt

Tim und Meike konnten es kaum glauben, als sie Daniel entdeckten. Er rannte so schnell, als wäre ein hungriger Säbelzahntiger hinter ihm her. Das Problem: Hinter ihm *war* ein hungriger Säbelzahntiger her.

Das Urvieh lief wie in Zeitlupe – doch für einen Menschen war es trotz der Starre noch schnell genug. Jetzt hatte es Daniel erreicht und schnappte zu. Daniel machte einen Sprung nach vorne, doch einer der Säbelzähne pikste ihn in sein Hinterteil.

»Au!«, brüllte Daniel.

Tim und Meike wussten nicht, ob Jakob seinen Peiniger wiedererkannte. Doch der kleine Arbeitstroll lachte beim Anblick des fluchenden Daniel wie eine Möwe. »Mensch aua!«, rief er.

Auch wenn Daniel häufig ein Idiot war und sie oft Streit hatten, so war doch klar: Meike und Tim mussten ihm helfen.

»Peggy, das ist ein … nun, ja … Freund von uns«, erklärte Tim hastig. »Wir müssen ihn retten.«

Peggy Sue spürte wohl, wie brenzlig die Sache war. Das geflügelte Pferd ging augenblicklich in den Sturzflug über.

Der Tiger kam Daniel in der Zwischenzeit Zentimeter für Zentimeter näher. Immer wieder sahen sie die beiden zwischen den Kelchen der rosa Sonnenblumen hindurch. Schon öffnete das Raubtier wieder sein Maul. Geifer tropfte auf den Acker.

»Hau ab!«, brüllte Tim.

»Lass ihn in Ruhe!«, kreischte Meike.

»Böse Mieze nicht Popo beißen!«, zeterte Jakob. Es war der längste Satz, den er seit der Verwandlung zum Troll gesprochen hatte.

Der Säbelzahntiger riss den Kopf herum und fauchte laut. Noch wilder als zuvor hetzte er dann weiter hinter Daniel her. Daniel gab wirklich alles, doch der Tiger trieb ihn direkt in eine Sackgasse. Eine steile Felswand stoppte Daniels Flucht. Daniel blieb nichts anderes übrig. Er drehte sich um und blickte dem gefährlichen Urvieh in die Augen.

»Lass mich in Ruhe …!«, jammerte Daniel und weinte hemmungslos.

Das war zu viel für Jakob. Der Troll hopste von Peggy Sues Rücken aus fünf Metern in die Tiefe. Unten angekommen grapschte er nach dem Schwanz der Riesenkatze und zog daran. Jakob hatte so irrsinnige Kräfte, dass der Säbelzahntiger einen gewaltigen Satz rückwärts machte. Das Raubtier fauchte, diesmal klang es aber ängstlich.

»Mieze nicht Menschpopo beißen!«, brüllte Jakob es an. »Sonst Beule auaaua.«

Er drohte mit der anderen Faust.

Das Untier verstand. Es senkte den Kopf und schlich davon. Jakob ließ rechtzeitig den Schwanz los.

Daniel fiel vor ihm auf die Knie. »Danke«, japste er. »Wer immer du bist, du hast mich gerettet.«

Der Jakobtroll grinste. »Jetzt du Schisser, Jakob mutigmutig.«

Daniel riss die Augen noch weiter auf. »Das… Du bist Jakob?«

Meike und Tim sahen vom Pegasus aus auf die beiden herab und nickten.

»Genau, der Jakob, dem du das Leben in der Klasse zur Hölle machst.«

Daniel schluckte. Zuerst hatte er wieder eine fiese Bemerkung auf den Lippen. Doch Jakob hatte ihn gerade immerhin aus den Klauen eines Säbelzahntigers gerettet. Ohne Jakob wäre Daniel sicherlich nicht so leicht davongekommen. Konnte es sein, dass er dem Kleinen seit Jahren unrecht tat? Und den anderen Mitschülern auch?

»Was wird passieren, wenn ich wieder einmal in Not gerate?«, dachte Daniel. Er senkte den Kopf. »Dann wären die ja schön blöd, wenn sie mir helfen würden. Ich muss mich dringend ändern! Und am besten fange ich gleich damit an…«

Daniel verzog das Gesicht zu einem Lächeln. Das wirkte ein bisschen künstlich, so als müsste Daniel das Freundlichsein erst üben. Es schien Meike und Tim, als hätte der Klassengorilla eine wichtige Lektion gelernt.

»Das… Das tut mir leid…«, stammelte Daniel leise, aber Meike und Tim verstanden es doch.

Peggy Sue landete neben ihm.

»Was machst du hier?«, rief Meike ihrem Klassenkameraden wütend zu.

»Das Gleiche wie ihr, ich will was erleben«,
schnaubte Daniel außer Atem. »Meint ihr, ich bin
taub? Ich habe doch gehört, wie Tim durch die Burg
gelaufen ist. Da bin ich ihm bis zur Bibliothek und
der verbotenen Tür gefolgt. Und als ihr dann drin
wart, bin ich hinterher.«

Daniel stand auf. »Schöne Grüße von Astrid«,
sagte er. »Sie hat mir auch ein Taxi bestellt. Einen
schwarzen Schwan. Der war echt nett. Leider hat er
mich auf der falschen Seite des Grabens abgesetzt ...«

Wachsam sah Daniel sich um. Der Tiger lauerte
irgendwo in der Nähe, das ahnte er.

»Nehmt ihr mich bitte mit?«, fragte Daniel. Tim
konnte sich nicht erinnern, dass ihn Daniel schon
jemals um etwas gebeten hatte. Normalerweise nahm
er sich das, was er haben wollte, ohne zu fragen: But-
terbrote, Taschengeld oder Sammelkarten.

»Musst brav sein«, mahnte Jakob und legte seinen
Kopf mit den verwuschelten Haaren schief. »Brav-
brav. Bravbravbrav!«

Wie ein strenger Lehrer hob er den Zeigefinger
und drohte Daniel.

Normalerweise hätte Daniel Jakob einen Tritt
verpasst oder ihn wenigstens ausgelacht. Jetzt aber

nickte Daniel. »Hey, ist doch klar, oder?«, murmelte
er. »Bevor ich Futter für einen Säbelzahntiger werde,
würde ich sogar Hausaufgaben machen.«

Peggy Sue wieherte. »Wenn niiiicht, schmeiß iiiich
dich ab!«, drohte sie.

»Jaja«, knurrte Daniel. Trotzdem stieg er auf den
Rücken des Pferdes, direkt vor Tim.

»Pfuuuuh!«, schnaufte Peggy Sue, als sie lostrabte.
»Iiiihr seid ganz schön schwer!«

Tatsächlich brauchte sie zum Starten doppelt so viel
Anlauf wie sonst. Zwanzig Meter über dem Boden
musste sie um die Kelche der rosa Sonnenblumen
herumkurven. Sie waren groß wie Esstische. Bei diesem Schlenker rutschte Jakob von Peggys Hals.

»Halt!«, brüllte Daniel und packte Jakob am Kra-
gen. »Hiergeblieben!« Im letzten Augenblick hatte
er den kleinen Arbeitstroll erwischt. Jakob zappelte,
doch Daniel zog seinen geschrumpften Klassenkameraden wieder zurück aufs Pferd.

»Dankedanke«, nuschelte Jakob beschämt und ver-
grub sein Gesicht in Peggys Mähne. Daniel zog seinen
Gürtel von der Hose und schlang ihn um Jakob und
Peggys Hals.

»Anschnallen ist wichtig, mein kleiner Freund«,
sagte er. »Beim nächsten Mal bin ich vielleicht nicht
so schnell.«

Tim drehte sich zu Meike um. Die beiden nickten sich überrascht zu. Es war das erste Mal, dass Daniel sich um eine andere Person gekümmert hatte. Auch wenn er das noch mit einem knurrigen Gesicht tat.

»Du lieblieb«, jubelte Jakob.

Da musste selbst Daniel lächeln.

Der restliche Erkundungsflug brachte leider keine positiven Überraschungen mehr. Überall in den Wäldern standen die Tiere regungslos herum. Wölfe mit silbernem Fell, Hasen mit Zylindern auf den Köpfen, Eulen mit Brillen – keines von ihnen bewegte sich. Die Bäche und Flüsse schwiegen, die Fische darin hingen im Wasser wie in Gelee eingelegt. Frösche hockten vor ihren goldenen Kugeln, ein Eisvogel starrte wie versteinert auf die ruhige Wasseroberfläche. Nichts tat sich. Alle Geschichten über diesen Teil des Kontinents waren offenbar schon von Siegfried aufgefrunzelt, äh, aufgefressen worden.

»Wo ist Siegfried?«, rief Daniel, nachdem Meike und Tim ihm alles über den Lindwurm erzählt hatten. »Wir müssen ihn stoppen.«

Zuerst lachte Peggy Sue. »Den Lindwurm stoppen?«, wieherte sie. »Iiiihr müsst verrückt sein.«

Dann aber wurde das geflügelte Pferd ernst. »Aber einer muss es ja machen. Und besser als einer siiiind füüüüünf!«

Unschlüssig drehte Peggy Sue ein paar Runden über einem Lebkuchenhaus. Sie nuschelte unverständliches Zeug in sich hinein. Plötzlich aber jauchzte das Pferd auf und flog übermütig einen Looping.

»Iiiiich weiß jetzt, wo Siiiiiegfried sein muss«, jubelte Peggy. »An der Stelle, wo es Nachschub für Geschiiiichten gibt: bei den träumenden Bäumen.«

Tim wusste sofort, dass Peggy die Lösung gefunden hatte. Er ballte die Faust und rief: »Dann nichts wie hin!«

Kapitel 11

Die Träume der Bäume

Es wurde dunkel. Die Sonne ging unter und der Mond kletterte den Himmel hinauf. Ein paarmal zwinkerte er den fünf Gefährten zu, als wollte er ihnen für ihre gefährliche Reise Mut machen.

Peggy Sue flog ruhig und konzentriert ihre Bahn. Einmal landete sie auf einer Wiese, wo normalerweise gebratene Tauben durch die Luft flatterten. Jetzt lagen sie im Gras und konnten einfach gegessen werden. Statt Steinen gab es dort Käsestücke, im Bach flossen Milch und Honig, die Häuser rundherum waren aus Kuchen gebaut.

Als alle satt waren, ging der Flug weiter. Jakob legte seinen kleinen Kopf auf Peggys Hals und schlief. Daniel hielt ihn dabei vorsichtig fest.

Nachdem sie einige Stunden unterwegs waren, durchschnitten plötzlich Geräusche die Stille. Es hörte sich an, als ob ein ganzer Wald abgesägt würde.

Erst beim Näherkommen bemerkten Tim und Meike, dass es lautes Schnarchen war.

»Ist das ein Riese?«, flüsterte Daniel. »Oder der Drache?«

Peggy schüttelte ihre Mähne. »Das iiiist der Wald der träumenden Bäume«, erklärte sie leise. »Sie träumen Geschichten, wie jede Nacht.«

Das geflügelte Pferd wurde langsamer und näherte sich dem Boden. Unter ihnen erkannte Tim nun ein wahres Meer von Bäumen. Ihre Wipfel bewegten sich wie Wellen an einem stürmischen Tag.

Peggy Sue landete auf einer Wiese zwischen meterhohen Pilzen mit Türen und Fenstern darin. Die Vorhänge waren offen.

»Sieht aus wie eine Zwergenstadt!«, rief Meike begeistert.

»Riiiichtig. Unter jedem Baum siiiitzt einer von iiihnen, der den Traum aufschreibt«, bestätigte das geflügelte Pferd. »So kommen die Geschichten in die Welt. Iiiin unsere und eure.«

Übermütig sprang Peggy dem Waldrand entgegen. »Archiiiibald, Lauriiin, Griiiimbold!«, rief sie – doch es kam keine Antwort. »Graubart, Rotnas, Alberiiich?«, wieherte Peggy schon etwas zaghafter – wieder antwortete ihr niemand. »Hammerfest? Karrenjupp? Giiimliii?« Jetzt flüsterte das Pferd nur noch.

Verwirrt trippelte es ein paar Schritte in den Wald hinein. Doch die Stühlchen an den Baumstämmen waren verlassen.

»Alle weg …«, stieß Peggy hervor. »Keiner schreibt mehr die Träume der Bäume auf. Woher sollen dann neue Geschiiiichten kommen?«

Geschockt trabte Peggy rückwärts. »Dann gehe iiich auch nicht näher an den Lindwurm heran«, erklärte sie. »Sonst frisst er auch meine Geschichte und iiiiich muss für iiiiimmer hier rumstehen.«

Tim und Meike stiegen von ihrem Rücken. Jakob blieb oben liegen. Daniel drehte sich um. Als er sicher war, dass ihn niemand beobachtete, hob er den Troll von Peggys Hals. Jakob schnaufte zufrieden und kuschelte sich in Daniels Pullover. Daniel brachte es nicht übers Herz, ihn abzulegen und zurückzulassen. Auch wenn es ihm megapeinlich war, Daniel hielt Jakob wie eine Mama schlafend in seinen Armen.

Dann marschierten sie los. Die Wanderung war mehr als unheimlich. Im fahlen Mondlicht schliefen die Bäume tief und fest wie Babys. Doch das Rascheln ihrer Blätter und das Knacken ihrer Äste klang wie Flüstern in der Dunkelheit. So erfuhren die vier Gefährten die Träume der Bäume.

»Einhorn …«, raschelte eine dicke Eiche. »Wird von einem Troll eingefangen. Elfe befreit es … Chooopüüüüh.«

»Armeen von Monstern mit vier Armen …«, nu-

87

schelte eine schlanke Birke. »Überfallen eine Burg. Drei tapfere Ritter vertreiben sie … Chooopüüüh.«

Je tiefer die vier in den Wald hineingingen, desto lauter wurde das Gemurmel rundherum. Alle Bäume nuschelten ihre Träume in die Welt hinaus.

Flieder träumten Lieder, Fichten Geschichten, Lärchen Märchen und eine hohe Tanne gleich ganze Romane.

Tim, Meike und Daniel konnten sich gar nicht satthören, so spannend, lustig und dramatisch waren die Träume. Doch es war niemand mehr da, der sie aufschrieb. Die Zwerge waren vor dem Lindwurm Siegfried geflohen. So wehte der Wind alle Träume für immer davon.

Nach einer Stunde Fußmarsch mischte sich ein weiteres Geräusch unter das Rascheln und Schnarchen der Bäume. Das hier war aber weitaus unheimlicher: ein gewaltiges Schmatzen und Knacken. Es hörte sich an, als würde ein Drache auf ausgerissenen Bäumen herumkauen – und genau das war es.

»Halt!«, warnte Tim und hob die Hand, um seine Freunde am Weitergehen zu hindern. Vorsichtig lugte er hinter einem dicken Baumstamm hervor. Mitten auf einer Lichtung lag ein Drache. Im Mondlicht schimmerten seine Abertausend Schuppen silbern, die Flügel auf seinem Rücken bewegten sich aufgeregt, seine Augen funkelten wild. In seinem Maul, zwischen den armlangen Zähnen, steckte ein Baum. Eine Ulme, um genau zu sein. Siegfried nagte, biss und malmte, bis Stamm, Äste, Zweige und Blätter des Baumes zu einem Brei zerkaut waren. Dann schluckte er alles hinunter. Siegfried reckte den Hals und rülpste.

»Du spuckst keine Geschichten mehr aus!«, rief er bitter lachend. »Mein Vater wurde von einem blöden Helden aufgespießt, damit der in seinem Blut baden und unverletzbar werden konnte. Und den Mist habt ihr euch ausgedacht. Jetzt seid ihr dran!«

Wütend packte Siegfried eine Blautanne mit seinen Hinterläufen, riss den Baum samt Wurzeln aus und stopfte sich auch den ins Maul. Sein Hunger schien unstillbar zu sein. Rundherum waren schon viele Löcher im Boden, wo vorher Bäume gestanden hatten. Mit jedem von ihnen waren auch unzählige Geschichten aus der Welt verschwunden.

»Wir müssen die Bäume retten«, flüsterte Meike.

»Aber wie?«, wisperte Daniel zurück. »Wenn wir uns zeigen, schlingt er uns einfach so herunter. Dafür braucht der nicht mal Ketchup!«

Tim dachte nach. Die Träume der Bäume wehten durch die Luft wie Schneeflocken im Dezember. Siegfried hasste sie, denn er wusste, dass sie wahr wurden, wenn die Zwerge sie aufschrieben.

»Ich hab's!«, zischte Tim. »Ich weiß jetzt, wie wir den Drachen in seine Höhle zurücklocken.«

Daniel und Meike sahen ihn mit großen Augen an.

»Aber vorher müssen wir die streitenden Brüder besuchen«, sagte Tim. »Wir brauchen noch ein paar Werkzeuge.«

Mit diesen Worten trat Tim den Rückweg an. Meike und Daniel mit Jakob auf dem Arm folgten ihm.

Kapitel 12

Fier oder Vünf? Noin!

Nach kurzem Fußmarsch trafen die vier Gefährten am Waldrand wieder auf Peggy Sue. Das geflügelte Pferd wirkte müde. Es hatte sich eindeutig zu lange in der Nähe des alles verschlingenden Lindwurms aufgehalten. Von der unbändigen Kraft des Pferdes war kaum noch etwas übrig. Erschöpft lag es zwischen dem Farnkraut.

Als die Freunde sich näherten, hob Peggy langsam den Kopf.

»Da seid iiihr ja«, wieherte sie matt. »Schön…«

Nur langsam kam sie auf die Beine. Von einem Baumstumpf aus kletterten Tim, Daniel und Meike auf ihren Rücken.

»Wir müssen die Königssöhne treffen«, sagte Tim. »Kannst du uns zur Burg bringen?«

Peggy Sue nickte. Mühsam trabte das Pferd los. Es brauchte mehrere Anläufe, bis es sich endlich in die

Luft erheben konnte. Erst gute zwei Kilometer vom Wald der träumenden Bäume entfernt kehrte Peggys Energie zurück.

»Na dann los!«, murmelte sie entschlossen. Bald flog sie wieder so schnell wie vorher. Es schien Tim, als würden sie geradewegs auf den Mond zufliegen. Auch der wirkte blass.

Sie überquerten stille Landschaften. Nichts unter ihnen bewegte sich, nicht einmal ein leichter Wind wehte. Die Zwerge hatten aufgehört, die Geschichten der Bäume niederzuschreiben.

Nachdem sie die halbe Nacht hindurch geflogen waren, erschienen in der Ferne die Umrisse der vier Türme. Bald war die gesamte Burg zu erkennen.

In der Nähe des Wassergrabens landete das geflügelte Pferd. Erschöpft legte es sich ans grasige Ufer des Sees mit der kleinen Insel, direkt unter einen Baum, dessen Äste ins Wasser hingen.

»Auf einer Weide unter einer Weide«, wieherte Peggy lachend.

Daniel, Tim und Meike waren zu müde, um sich über dieses Wortspiel den Kopf zu zerbrechen. Für das, was sie als Nächstes vorhatten, brauchten sie aber Kraft. Sie stiegen ab und kuschelten sich an das flauschige Fell. Jakob seufzte und streckte sich auf dem Pferderücken behaglich aus.

So schliefen alle fünf, bis die Sonne hoch am Himmel stand. Tim war der Erste, der erwachte. Sofort sprang er auf die Füße.

»Kommt, Leute«, weckte er die anderen. »Wir haben eine Menge zu tun.«

Dann erklärte er Meike, Daniel, Jakob und Peggy seinen Plan. Das Schwerste würde es sein, die verfeindeten Brüder zu einem Treffen zu bewegen. Schließlich wollte keiner der beiden den anderen mehr sehen.

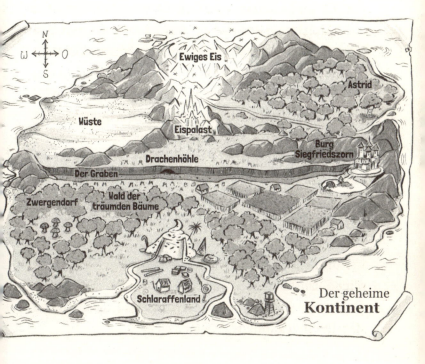

»Wir schicken Boten zu ihnen«, kam Daniel die Idee. »Aber keiner darf wissen, dass der andere auch eingeladen ist.«

Er holte ein Schilfrohr aus der Tasche, das Astrid ihm gegeben hatte, und blies hinein. Das Geräusch, das erklang, hörte sich wie das Schnattern eines Schwans an.

Nur etwa zwei Minuten später flatterte etwas durch die Luft auf sie zu. Ein schwarzer Schwan landete neben ihnen. Er war groß wie ein Elefant.

»Schneeflöckchen, auf dich ist wurstlich Verlass«, begrüßte Daniel das Tier. Er ging zu dem Schwan und strich ihm durch die pechschwarzen Federn. Schneeflöckchen streckte den Hals und schnatterte zufrieden.

»Weißt du, wumms der Fierte Fürst sich aufhält?«, fragte Daniel. Der Schwan klapperte zustimmend mit dem Schnabel.

»Und du, Peggy Sue? Krumpelst du die Unterkunft des Vünften Vürsten?«, fragte Daniel.

Auch das geflügelte Pferd nickte.

»Dann holt sie her«, redete Daniel weiter. »Sagt ihnen, Drachenjäger würden hier auf sie wurzeln.«

Nur Sekunden später flogen die beiden in unterschiedliche Richtungen davon.

»Peggy schnellschnell!«, murmelte Jakob und streckte sich gähnend.

Tim sah zu der kleinen Insel hinüber. Hier sollte das Treffen stattfinden. Im Schilf lag ein Ruderboot, doch es gab keine Ruder.

»Mist!«, fluchte Meike. Doch Jakob hopste fröhlich von einem kurzen Bein auf das andere.

»Jakob starkstark!«, jauchzte er. »Jakob Schiff ziehen!«

Ehe die anderen drei noch widersprechen konnten, sprang der Arbeitstroll ins Wasser und grapschte nach dem Seil am Bug des Bootes.

Tim, Meike und Daniel verstanden. Sie stiegen ein und Jakob schwamm sogleich los. Mit seinen großen Händen paddelte er vorwärts. Wie von einem versteckten Motor angetrieben, kreuzte das Boot die Wellen, bis es auf der Insel anlegte. Jakob krabbelte ans Ufer und zog den Kahn hinter sich her. Seine drei Freunde kletterten an Land, ohne sich auch nur nasse Füße zu holen.

»Danke, Jakob!«, lobte Daniel. Tim fand es noch immer seltsam, freundliche Worte aus seinem Munde zu hören. »Auf dich kann man sich echt verlassen.«

Daniel drehte sich zu ihm um. »Du willst, dass die Brüder miteinander reden, stimmt's?«, erkundigte er sich.

Tim nickte.

Daniel versuchte einen dicken Stein aufzuheben,

doch er war schwerer als er aussah. Sofort stand Jakob neben ihm und hob den Stein hoch, als wäre er leicht wie eine Feder.

»Mach das Boot kaputt«, kommandierte Daniel. »Bitte!«

Jakob sah Tim und Meike verwirrt an. Doch Meike nickte. »Wenn die Brüder nicht von der Insel wegkönnen, müssen sie einander zuhören – und uns auch«, erklärte sie.

Rumms!, landete der Felsbrocken auf den Planken. Das Holz splitterte und wie in Zeitlupe sank das Boot auf den Grund des Sees.

Kaum war es völlig im grünlichen Wasser verschwunden, kehrten die beiden Boten zurück. Peggy aus dem Süden des Kontinents, Schneeflöckchen aus dem Norden. Jeder von ihnen trug einen Menschen.

Zuerst landete Peggy auf der winzigen Insel. Der Vünfte Vürst stieg majestätisch von ihrem Rücken. Tim, Meike, Daniel und der Jakobtroll gingen ihm entgegen.

Der Vünfte Vürst war ein kleiner, rundlicher Mann mit lockigen Haaren und einem eleganten Schnurrbart. Er trug feine Kleider und hatte eine Flöte dabei, denn er liebte die schönen Künste über alles. Eben zog er ein Buch voller Noten aus der Tasche seines Mantels, um die Drachenjäger mit einem Lied zu begrüßen. Da verdunkelte sich die Sonne. Schneeflöck-

chen drehte noch eine Runde durch die Luft, dann kam auch der Schwan zu Boden.

»Du?«, rief der Fierte Fürst beim Anblick seines Bruders entsetzt. Er war lang und kräftig und kam in voller Rüstung. An seinem Gürtel hing ein Schwert.

»Du?«, krakeelte auch der Vünfte Vürst. »Pferdchen, Rückwürg, aber zackzack!«

Er versuchte, wieder aufzusteigen, aber Peggy trabte seitwärts und hob dann ab. Der schwarze Schwan glitt ins Wasser und paddelte auf den See hinaus. Nun blieb den Brüdern nichts anderes übrig. Sie mussten zusammen auf der Insel ausharren. Zunächst stellten sie sich so auf, dass sie einander nicht sehen mussten, Rücken an Rücken.

Meike rollte genervt mit den Augen. Wie konnten erwachsene Menschen nur so kindisch sein?

Tim räusperte sich. »Ihr steckt in der Klemme«, fing er an. »Beide von euch wollen den Achten Kontinent regieren.«

Der Fierte Fürst und der Vünfte Vürst nickten. In dem Punkt waren sie sich immerhin einig.

»Er kann kein König sein!«, krähte der Fierte Fürst, »denn er kämpft so tullpatschig wie ein Tanzbär!«

»Nein, nein, nein!«, krakeelte der Vünfte Vürst. »*Er* kann kein König sein, denn er kann nur seinen eigenen Namen schreiben. Und von der Kunst zu spoken versteht er auch nichts!«

Jetzt trat Daniel vor. »Das Problem ist nur, wenn Siegfried so weitermacht, ist alles im Reich bald stinklangweilig«, gab er zu bedenken. »Da macht das Regieren wirklich keinen Sprutz mehr.«

Die Brüder brummten, antworteten aber nicht. Also ergriff Meike das Wort.

»Ihr könnt doch rechnen, oder?«, fragte sie. Wieder nickten beide. »Was ist mehr, fier oder vünf?«

»Vünf!«, brüllte jetzt der Vünfte Vürst und drehte sich strahlend um.

»Richtig«, bestätigte Meike. »Aber was ist noch mehr? Fier und Vünf zusammen!«

Beide Brüder zuckten zusammen. »Noin?«, riefen sie wie aus einem Munde.

»Richtig, noin!«, sagte Meike. »Ihr könnt den Drachen nur besiegen, wenn ihr euch zusammentunkt. Ihr müsst zusammen regieren oder keinem wird etwas zum Regieren übrig blubbern.«

Die Brüder grummelten, die Brüder zeterten, die Brüder sprangen wie die Rumpelstilzchen von einem Bein auf das andere. Dann sahen sie sich an. »Zusammen? Mit dem?«, riefen beide entsetzt.

Mcike, Daniel, Tim und Kleinjakob nickten.

»Der eine kann kämpfen, der andere gut reden«, sagte Tim. »Zusammen seid ihr der beste König, den es je gab!«

Da schnaufte der Fierte Fürst wie ein Walross und der Vünfte Vürst quiekte wie ein hungriges Ferkel.

»Beide oder keiner. Ihr habt die Wahl«, ermahnte Tim die Königssöhne. »Es heißt nicht *ich oder ich*, es heißt *wir*!«

Die Brüder murmelten noch gute fünf Minuten unverständliches Zeug in sich hinein, dann reichten sie sich die Hände.

»Kann's ja mal verkuchen…«, nuschelte der Fierte Fürst.

»An mir soll's nicht lumpen«, presste der Vünfte Vürst hervor.

»Aber wie wollt ihr den Lundwirm töten?«, erkundigte sich der Lange. »Er ist unverwurzelbar!«

»Gar nicht«, verriet Tim. »Lundwirmer tötet man nicht, die überlistet man. Und ich weiß auch schon, würg…«

Kapitel 13

Der Lundwirm wird überlistet

Peggy Sue und der schwarze Schwan kehrten zur Insel zurück. Beide Tiere waren äußerst neugierig. Von Tims Plan wollten sie nicht auch nur ein Wörtchen verpassen.

»Alles, was auf dem geheimen Kontinent aufgeschrieben wird, passiert hier auch wirklich, oder?«, wollte Tim wissen. Die Brüder nickten. »Dann brauche ich von euch vier Dinge …«

»Fier, hört, hört!«, jubelte der Fierte Fürst stolz.

Tim zählte auf: »Eine Flöte, ein Buch …«

Der Fierte Fürst seufzte. »So etwas habe ich nicht.«

»Aber ich!«, frohlockte nun der Vünfte Vürst und reichte Tim das Instrument und das dicke Notenheft.

»Und außerdem ein Schwert und einen Ritterhelm«, fuhr Tim fort.

Jetzt senkte der Vünfte Vürst den Kopf. »Damit kann ich nicht dienen …«, nuschelte er bestürzt.

»Aber ich!«, jubelte der Fierte Fürst.

Die beiden Brüder sahen sich an. »Ich *oder* du allein können es nicht schuften…«, sagte der Fierte staunend.

»…aber zusammen sind wir unbestinkbar!«, sprach der Vünfte weiter.

Meike klatschte in die Hände. »Wunderbar, ihr zwei«, lobte sie. »Aber nun müssen wir loslegen. Große Männer erkennt man an ihren Taten, nicht an ihren Worten.«

»Kleine Männer auch?«, erkundigte sich der Vünfte Vürst vorsichtig.

Meike nickte. Danach ging alles ganz schnell. Schneeflöckchen brachte zunächst die neu verbrüderten Brüder in ihr altes Zuhause, Burg Siegfriedszorn.

Meike wartete auf seine Rückkehr am See. Für den Rest des Plans mussten sich die vier aufteilen. Jeder wusste, was nun zu tun war. Tim verabschiedete sich von Meike. Fest drückte er seine beste Freundin an sich.

»Es geht alles gut aus, oder?«, fragte Meike.

Tim nickte. »Natürlich, ich habe doch diese zwei dicken Kumpels bei mir.« Tim zeigte auf Daniel, der den Jakobtroll gerade zwischen Peggys Flügel hob. Tim und Daniel kletterten hinter ihn. Das Pferd hob sofort ab.

Es dauerte den halben Tag, bis sie den Wald der träumenden Bäume erreichten. Wie beim ersten Mal landete Peggy Sue zwischen den Zwergenhäusern.

Tim stieg ab und klopfte an eine Tür. Es kam keine Antwort. Er trat trotzdem ein. Sieben Zwerge lagen mit offenen Augen in ihren Bettchen. Siegfried hatte ihre Geschichten schon alle aufgefressen. Jetzt gab es für die sonst so fleißigen Kerle nichts mehr zu tun.

Auf den sieben Höckerchen neben den Bettchen war ihre Arbeitskleidung ordentlich aufgestapelt, obenauf lagen ihre Mützchen.

»Ich leihe mir eine, ja?«, fragte Tim. »Ihr bekümmert sie garantiert wieder.«

Die Zwerge antworteten nicht. Sie starrten nur an die Decke. Tim griff sich einen Stapel Kleidung und wandte sich ab. Der Anblick der reglosen Zwerge war wirklich erbärmlich – das musste ein Ende haben!

Draußen wartete bereits Peggy Sue mit weit aufgerissenen Augen. Dem Pegasus schwante nichts Gutes.

»Wollt ihr wirklich zu dem Lundwirm?«, erkundigte er sich.

Tim nickte und die drei Jungs stiefelten los, Peggy Sue folgte ihnen diesmal. Sie hatte eine wichtige Rolle in Tims Plan und ihr Stolz darüber war größer als die Angst vor dem Lindwurm.

Als sie Siegfried inmitten eines Bergs von Holzsplittern schnarchen hörten, gingen Daniel, Tim, Peggy und der Jakobtroll hinter einem Busch in Deckung. Sie mussten auf den Sonnenuntergang warten, wenn die Bäume wieder träumten. Tim begann, ihnen den Rest seines Plans zu erklären.

»Einer von euch muss sich eine Geschichte ausdenken, der andere soll sich wie ein Zwerg unter den Baum setzen«, zählte er auf.

Daniel überlegte. »Für einen Zwerg bin ich zu groß, das kann ich nicht«, murmelte er. »Aber für Jakob ist das genau richtig. Er ist klein!« Daniel schüttelte ungläubig den Kopf. »Dass ich irgendwann einmal freiwillig ein Team mit Jakob bilden würde, hätte ich mir noch gestern nicht träumen lassen…«

Jakob lachte. »Jakob kleinklein!«

Tim grinste. »Und Geschichten erfinden ist dein Job, Daniel«, sagte er. »Wie oft du Frau Kruse schon angeflunkert hast, warum du deine Hausaufgaben nicht machen konntest. Ich kann mich noch genau an den Tag erinnern, als du auf dem Schulweg von Außerirdischen überfallen worden bist, die dein Heft mit zum Planeten Beta-12-Strich-7 genommen haben.«

Daniel grinste. »Klar, als Vorbild für die Schulkinder dort oben«, ergänzte er. »Weil es so eine perfekte Hausaufgabe war.«

Daniel fügte noch stundenlang neue Erlebnisse mit UFOs hinzu, bis endlich die Dämmerung einbrach. Dann gab Tim die Zwergenkleidung und das Buch an Jakob, er selbst nahm Helm und Schwert.

»Dann komm, Peggy!«, sagte er.

Tim umarmte Jakob und Daniel zum Abschied. Die zwei mussten perfekt zusammenarbeiten, sonst würde der Plan in sich zusammenfallen wie das Haus der drei kleinen Schweinchen beim Pusten des Wolfes. Keiner in ihrer Klasse würde das wohl für möglich halten, doch die beiden waren in den letzten Stunden tatsächlich fast so etwas wie Freunde geworden.

Tim schlich mit Peggy Sue um den schlafenden Lindwurm herum. Siegfried reckte ab und zu den Hals und schmatzte.

In einem Dickicht auf der anderen Seite legten sie sich auf die Lauer. Tim und Peggy beobachteten, wie Jakob sich die Zwergenkleidung überzog und auf einem Hocker an einem Baumstamm Platz nahm. Das geöffnete Buch lag in seinem Schoß.

Daniel kletterte nun in die Baumkrone, bis er völlig hinter den Blättern verschwunden war.

Tim holte tief Luft. Jetzt ging es also los.

Er nahm einen Stein auf und schleuderte ihn Siegfried an den geschuppten Kopf. Siegfried schreckte aus dem Schlaf auf und brüllte erbost. Doch da hörte er eine Geschichte, die der Drache für den Traum eines Baumes hielt. Es war aber Daniel, der seinen Text in den Abend hinausbrüllte:

»Drache Siegfried reißt die träumenden Bäume aus und frisst sie. Chooopüüüh«, ahmte Daniel die Bäume nach. »Ein Ritter kommt und jagt ihn erbarmungslos. Chooopüüüh. Nur an einer Stelle ist Siegfried sicher: in seiner alten Höhle. Chooopüüüh!«

Der Drache sprang auf. Seine Augen glühten.

»Neiiiiiin!«, brüllte er. »Dich fresse ich auf, du Holzkopf! Dieser Traum wird nie Wurklichkurt!«

Da sah der Drache den Zwerg unter dem Baum sitzen. Der hatte ja schon alles aufgeschrieben!

»Her mit dem Buch!«, heulte Siegfried und war schon bei ihm. Doch Jakob dachte gar nicht daran. »Nönö!«, höhnte er. »Lundwirm nicht armes Buch fressen. Jakob Buch beschützen!«

Er hieb dem Drachen mit der Faust aufs Maul.

»Auuuu!«, jaulte Siegfried los. Er holte tief Luft, um Feuer zu spucken. Doch in diesem Moment kam ein Ritter auf die Lichtung geritten. Sein Pferd war stolz, der Kopf in einem Helm versteckt, in seiner Hand lag ein Schwert.

»Die… Die Geschichte geht ja schon lurch…!«, jammerte Siegfried. Nun blieb ihm nichts anderes

übrig. Er nahm vor dem Ritter Reißaus, hob ab und flog zu seiner alten Höhle.

Kaum war Siegfried in der Luft, zog Tim den Helm ab. Er strahlte übers ganze Gesicht. Sein Traum war wahr geworden: Er war ein Ritter gewesen, ein richtiger Held.

Und auch Meike erledigte ihre Aufgabe perfekt. Als Siegfried sich zitternd in seiner Höhle verkroch, begann sie auf der Flöte zu spielen. Ein Schlaflied natürlich. Und sie hatte eins ausgewählt, das nicht für nur eine Nacht reichte, sondern für tausendundeine.

Kapitel 14

Zurückverschwurbelung und Rückweg

Feiernd und singend marschierten Daniel, Tim, Jakob und Peggy durch den Wald. Die Träume der Bäume begleiteten sie.

Im Zwergendorf erwartete Schneeflöckchen sie schon. Tim brachte wie versprochen die Zwergenkleidung in eines der Häuschen zurück.

Kaum hatte er die Sachen abgelegt, reckte sich eines der kleinen Kerlchen. Der Drache war weg, die Bäume träumten gefahrlos, es kam wieder Leben in die Bude.

»Ein schwarzer Schwan, der Schneeflöckchen horst«, murmelte einer der sieben Zwerge. »Das ist ja wohl ein Schneewitzchen!«

Aus den anderen sechs Bettchen erklang leises Kichern, das immer mehr anschwoll. Bald lachten alle sieben Zwerge so laut, dass ihre Bäuchlein wackelten.

Dann sprangen sie aus den Betten und gingen an die Arbeit. Die Träume der Bäume mussten aufgeschrieben werden.

Schwan und Pferd flogen die ganze Nacht hindurch. Daniel, Jakob und Tim schliefen auf ihren Rücken wie im bequemsten Bett der Welt. Als die Sonne gerade aufging, begannen die beiden Fabeltiere den Landeanflug auf die Burg.

Tim rieb sich staunend die Augen. Einer der Türme war vollkommen zerstört. Seine Steine lagen wohl auf dem Grund des Wassergrabens.

Im Innenhof der Burg war ein regelrechter Tumult. Alle Angestellten waren nach den langweiligen Tagen zusammengelaufen, um ihre neuen Könige zu feiern. Doch nun schwiegen alle, bis auf einen. Der Fierte Fürst, dieser Riese von einem Mann, stützte sich auf Meike und weinte wie ein kleines Kind.

»Fier Türme waren es immer!«, heulte er. »Fier! Deshalb hurze ich doch so!«

»Siegfried ist bei seiner Flucht dagegengeflogen«, klärte Meike die Jungs und Tiere auf.

Auch sein Bruder stand bedröppelt daneben. Doch dann hatte er einen Einfall.

»V bedeutet bei den römischen Zahlen Vünf!«, wusste er aus einem seiner Bücher. »Deshalb hurze *ich* so. Aber jetzt, wo der fierte Turm weg ist, habe ich auch an dem V keinen Spaß mehr. Ich schlonke es dir.«

Der Fierte Fürst hob den verschnieften Kopf. Er lächelte gerührt. »Dann bin ich von nun an der Vierte Fürst? Das sieht ja viel gefährlicher aus!«

Sein Bruder nickte. »Und weil du dann mit dem F nichts mehr anfunken kannst, nenne ich mich ab heute Fünfter Fürst. Das sieht aus wie die Zeile in einem Gedicht«, posaunte er und wandte sich an seine Untertanen. »Nehmt dies als Zeichen dafür, dass wir glanz neue Menschen gewurzelt sind.«

Da klatschten die Diener und Köche, Hausmädchen und Gärtnerinnen und besonders ein uralter weißhaariger Mann vor der Tür des Hauptgebäudes. Er stand ein wenig gebückt. Der Mann trug einen dunkelblauen Umhang mit grauen Sternchen, der an den Ellbogen schon sehr dünngescheuert war.

»Bartholomäus!«, rief Daniel und erschrak über seine eigene Lautstärke.

Tim, Jakob, Meike und die beiden Könige fuhren herum. Der Vierte Fürst lachte. »Barthodingsda?«, fragte er nach. »Nein, das ist unser Magier Atrius.«

Tim schüttelte den Kopf. »Aber … das gibt's doch gar nicht …«, stammelte er.

Der uralte Mann kam auf sie zu. Er sah wirklich haargenau so aus wie Bartholomäus.

»Puh«, schnaufte er. »Die Sache war wirklich verknorkst ernst. Es ist richtig schade, dass ihr zurück-
müsst.«

Er zwinkerte den vier Freunden zu.

»Zurückrück?«, fragte der Jakobtroll und kniff die
Augenlider zusammen.

Tim, Daniel und Meike nickten.

»Aber vorher müssen wir dich noch zurückverschwurbeln lassen«, fand Tim. »Sonst kriegt Frau
Kruse die Krise. Können Sie das?«

Atrius lächelte so milde, wie es nur alte Menschen
können. Er strich dem kleinen Jakob durch die wilden
Trollhaare und sprach: »Karre leer, Junge her.«

Es machte Pock! und der Trolljakob krümmte sich.
Wie bei der Hinverschwurbelung kicherte er und
wand sich dabei wie ein Aal an Land. Dann begann
er zu wachsen. Als Troll war er dem Zauberer nur bis
zum Knie gegangen, nun reichte er ihm schon bis zum
Bauchnabel. Schließlich war er wieder so groß wie
früher. Zum Glück waren auch die Haare auf seinen
Füßen verschwunden, ebenso die riesigen Muskeln.

Jakob musste schlucken.

»Jakob schwach…«, würgte er hervor.

Da nahm Daniel ihn in den Schwitzkasten. Diesmal
aber nur zum Spaß. »Nein!«, widersprach er. »Jakob
starkstarkstark!«

Alle lachten, auch wenn nun die Zeit für den Abschied gekommen war.

»Wie kommen wir denn eigentlich in unsere Welt zurück?«, fragte Tim. »Die Treppe führt doch nur abwärts.«

Atrius nickte. »Ja, aber wir haben auch eine Rutsche, die nur aufwärts führt«, erklärte er. »Kommt mit, ich zeige euch, wo der Anfang ist.«

Der Kies knirschte unter seinen Sandalen, als der Magier zur Bibliothekstür ging. Drinnen waren alle Regale leer.

Meike lief noch einmal zurück und drückte dem Fünften Fürsten seine Flöte in die Hand. »Hier, alle 1000 Tage musst du für Siegfried spielen, sonst wacht er auf«, mahnte sie.

Der neue König versprach es. Und der andere neue König versprach, seinen Bruder daran zu erinnern, zur Not mit Waffengewalt!

Atrius schob ein Regal zur Seite. Dahinter war das Ende einer Rutsche, das aber der Anfang sein sollte.

»Ich danke euch«, sprach der alte Zauberer. »Ohne euch gäbe es auf der Welt keine Bücher mehr. Das ist doch unvorstellbar, oder?«

Tim nickte. »Ja, das ist selbst für die träumenden Bäume unträumbar.«

Ein wenig unschlüssig standen die vier Freunde vor der Rutsche. Das meiste von ihr lag ja im Dunkeln.

»Ich rutsche als Erster!«, beschloss da Jakob und saß auch schon auf dem Blech. Es machte Wusch! und der früher so ängstliche Jakob war in der Finsternis verschwunden. Daniel folgte ihm. Er wollte Jakob zur Not helfen.

Meike und Tim rutschten zusammen. Tatsächlich ging es vom ersten Moment an nur bergauf. Sicher zehn Minuten wurden Meike und Tim durchgeschüttelt. Zu sehen war nichts, bis in weiter Ferne ein Licht auftauchte. Das Licht kam näher und näher und schließlich polterten Meike und Tim gegen etwas Hartes. Es war die Rückseite des Tresens, über dem REZEPTION stand. Sofort knallte die Luke hinter ihnen zu. Draußen war es hell.

Jakob und Daniel halfen ihnen auf. Und jetzt bog noch jemand um die Ecke: Atrius – oder war es Bartholomäus?

»Was tut ihr denn an meinem Arbeitsplatz?«, wollte er wissen und zwinkerte den vier Freunden verschwörerisch zu – oder bildete Tim sich das nur ein? »Ich hoffe, ihr habt gut geschlafen. Auf Burg Siegfriedsruh schläft jeder tief und fest. Und die Träume sind immer ganz besonders hier.«

»Burg Siegfriedsruh?«, fragte Tim verwirrt nach.

113

»Die hieß doch Siegfriedszorn, als wir vor drei Tagen ankamen.«

Bartholomäus blickte sie belustigt an. »Vor drei Tagen? Ihr seid gestern angereist«, schwor er. »Und die Burg heißt schon immer Siegfriedsruh.«

»Aber …« Tim wollte widersprechen. Stattdessen stürzte er ans Fenster. Er hatte da so einen Verdacht. »Daniel, Jakob, Meike, kommt her«, rief Tim. »Der vierte Turm fehlt.«

Bartholomäus lächelte. »Natürlich. Es sind immer nur drei gewesen«, sagte er. »Aber nun kann ich nicht länger mit euch plaudern, ich muss mich um das Frühstück kümmern. Wollt ihr so lange in die Bibliothek? Wir haben ein neues Buch bekommen, das müsst ihr lesen!«

Quiz zum Buch

Zum Glück konnten Meike und Tim zusammen mit ihren Freunden den Drachen auf dem geheimen Kontinent wieder zum Schlafen bringen und die Geschichten retten. Hast du Lust, dein Wissen über die Geschichte zu testen und mit etwas Glück tolle Preise für dich und deine Klasse zu gewinnen?

Dann ist das Quiz auf den nächsten Seiten genau das Richtige für dich.

Die Preise
1. Preis:
Ein eintägiger Ausflug mit der ganzen Klasse ins TV-Studio zur Aufzeichnung der ZDF-Kinderquizsendung »1, 2 oder 3« in die Bavaria Filmstadt bei München.

2. – 10. Preis:
Je ein Jahresabonnement der Zeitschrift **Stafette**,
dem spannenden Magazin für schlaue Kids, sowie ein
Buchpaket für die Klassenbibliothek.

11. – 15. Preis:
Briefpapier-Sets und ein Buchpaket für die Klassenbibliothek.

Deutsche Post DHL
Group

Bei allen Preisen handelt es sich um Klassenpreise.

So findest du den Lösungssatz: Trage jeweils den
Buchstaben, der vor der richtigen Antwort steht, auf
den Strich mit der entsprechenden Nummer ein. Der
Buchstabe zur Frage 1 kommt also zum Beispiel auf
den Strich mit der Nummer 1. Wenn du dir bei einer
Antwort unsicher bist, kannst du natürlich zurück-
blättern und noch einmal nachlesen.

Wohin du den Lösungssatz schicken musst, steht am
Ende des Quiz auf Seite 120. Unter allen Einsendungen mit dem richtigen Lösungssatz ziehen wir 15 Gewinner.

Wir drücken dir die Daumen, dass du unter den glücklichen Gewinnern bist, und wünschen dir viel Spaß beim Rätseln!

1. Wo befindet sich die Tür zum geheimen Kontinent?
   W) In der Küche
   B) Im Schlafsaal
   R) In der Bibliothek
   G) Auf dem Dachboden

2. Wie erfahren Meike und Tim, dass der geheime Kontinent ihre Hilfe braucht?
   O) Ihre Lehrerin Frau Kruse bittet sie darum.
   I) Sie bekommen einen Brief.
   A) In der Bibliothek hängt ein Schild.
   E) Der Busfahrer erzählt ihnen davon.

3. Was ist auf dem Medaillon zu sehen, das Meike im Umschlag findet?
   U) Eine Feder
   E) Ein geflügeltes Pferd
   S) Eine Burg
   K) Ein Zwerg

4. Wie erleuchten Meike und Tim den dunklen Gang zum geheimen Kontinent?

K) Mit ihrem Smartphone

R) Mit einer Taschenlampe

B) Mit einem Feuerzeug

D) Mit einem Kerzenständer mit vier Kerzen

5. Wie heißt der Magier des geheimen Kontinents?

T) Miraculus

A) Atrius

I) Abraxas

O) Magnificus

6. Wer verwandelt Jakob in einen Troll?

N) Magier

K) König

H) Zwerg

S) Hexe

7. Wie viele Türme hat Burg Siegfriedszorn?

F) Zwei

G) Vier

V) Fünf

O) Sechs

8. Wie heißt der Wald, in dem die Geschichten aufgeschrieben werden?

T) Wald der schnarchenden Bäume

Z) Wald der schlafenden Bäume

J) Wald der träumenden Bäume

F) Wald der fantasievollen Bäume

9. Was für ein Tier ist Schneeflöckchen?

D) Pferd

P) Wolf

L) Einhorn

G) Schwan

Lösungssatz:

Welcher Traum von Tim wurde auf dem geheimen Kontinent wahr?

Er war ein _ _tt _ r gewesen, der
$\quad\quad\quad\quad$ 1 2 $\quad$ 3

den _ r _ c _ en _ e _ a _ t hat.
$\quad\quad$ 4 $\,$ 5 $\,$ 6 $\quad$ 7 $\,$ 8 $\,$ 9

Hast du den Lösungssatz gefunden?
Dann sende ihn bitte **mit Angabe deiner Schuladresse und Klassenstufe** an:

Stiftung Lesen
Welttag des Buches-Quiz
Postfach 38 60
55028 Mainz
E-Mail: quiz@stiftunglesen.de

WICHTIG:
Einsendeschluss für das Quiz ist Dienstag, der 4. Juni 2019. Die Gewinner werden unter allen richtigen Einsendungen ausgelost. Der Rechtsweg ist ausge-schlossen.
Die Lösung sowie die Gewinner werden ab Mitte Juni auf unserer Internetseite
https://www.welttag-des-buches.de/ich-schenk-dir-eine-geschichte/
veröffentlicht. Da sich am Welttag des Buches-Quiz jedes Jahr sehr viele Schülerinnen und Schüler be-teiligen, können wir nur die Gewinner schriftlich be-nachrichtigen.

Aktionen zum Buch

Beim großen Schreib- und Kreativwettbewerb der Stiftung Lesen und der Deutschen Post kannst du alleine oder zusammen mit deiner Klasse kreativ werden. Alle Informationen und die genaue Aufgabenstellung erfährst du von deiner Lehrerin oder deinem Lehrer und auf der Internetseite: **www.stiftunglesen.de/welttag-des-buches**. Dort wird dann auch eine Auswahl der kreativsten Einsendungen präsentiert. Die Gewinner dürfen sich unter anderem über einen spannenden Tagesausflug freuen.

Auch vor Ort ist viel los: Zahlreiche Buchhandlungen bieten eine literarische Schnitzeljagd zum Welttag des Buches an. Wenn du es schaffst, die kniffligen Aufgaben rund um das diesjährige Welttagsbuch zu lösen, kannst du bei deinem teilnehmenden Buchhändler an einer Verlosung teilnehmen und mit etwas Glück neuen Lesestoff gewinnen.

Um Bücher und Lesen geht es rund um den Welttag des Buches auch in vielen Kindersendungen des ZDF. Schau doch mal rein, auch auf **www.zdftivi.de** und in der **ZDFtivi-App.**

Wir wünschen dir viel Freude bei allen Aktionen rund um den Welttag des Buches – beim Rätseln, Schreiben, Basteln und natürlich Lesen!

Aber vor dem Schlafsaal gibt es gleich Ärger.

Du kommst hier nicht rein! Bettnässer müssen ins Mädchenzimmer.

Daniel muss immer Ärger machen.
Den kleinen Jakob ärgert er sehr oft.

Mach den Weg frei!

Schließlich geht Daniel zur Seite.
Aber er ist böse auf Tim.

Kapitel 4

In der Nacht sieht Tim an der Tür vom Schlafsaal eine blasse Hand.

Tim holt Meike und sie folgen der Hand.

An der Rezeption finden sie einen Brief. An Heike und Jim – der muss für sie sein.

Das ist echt gruselig.

Helft uns!
Siegfried ist erwacht. Er frisst alle Geschichten, Märchen und Sagen auf. Bald schon werden sich viele Bücher auf den anderen sieben Kontinenten nicht mehr aufschlagen oder aus den Regalen ziehen lassen. Lesen schon gar nicht.
Jim und Heike, ihr müsst auf den Achten Kontinent kommen!
Bringt den Lindwurm wieder zum Schlafen. Es ist verknorkst ernst.
Ein Freund.

An Heike und Jim, Klasse 4c
zurzeit auf der Burg Siegfriedszorn

Meike findet in dem Umschlag noch ein Amulett.

Kapitel 5

Dichter Rauch kommt aus dem Geheimgang.

Wir müssen Jakob helfen. Alleine kommt er nicht zurück.

Sie ziehen warme Kleidung an. Dann nehmen sie einen Kerzenständer und gehen durch die Tür.
Nach zehn Schritten fällt die Tür hinter ihnen zu.

Der Zwerg entdeckt das Amulett an Meikes Hals.

Er reibt es zwischen den Fingern.

Plötzlich steht mitten auf der Wiese ein Pferd mit Flügeln! Ein Pegasus! Es heißt Peggy Sue.

Es kann Tim und Meike zum Drachen Siegfried bringen.

Der Zwerg lässt Jakob frei. Aber er kann ihn nicht in einen Jungen zurückverwandeln. Jakob bleibt ein Troll.

Kapitel 9

Peggy Sue fliegt in den Graben. Die Höhle von Siegfried ist leer.

Ein Riese erzählt, wie der Drache alle Geschichten und Bücher aufgefressen hat.

> Er hat auch die Bibliothek der Burg geplündert.

Auf der anderen Seite des Grabens bewegt sich kein Wesen mehr. Ohne neue Geschichten wissen sie nicht, was sie tun sollen.

Plötzlich sehen die drei Freunde einen Säbelzahntiger. Er verfolgt Daniel!

Daniel ist Jakob, Tim und Meike gefolgt. Er will auch ein Abenteuer erleben.

Wo ist Siegfried? Wir müssen ihn stoppen.

Den Drachen stoppen? Das ist verrückt!

Aber Peggy Sue bringt die Freunde dahin, wo alle Geschichten entstehen: zum Wald der träumenden Bäume.

Kapitel 11

Plötzlich hören sie Stimmen. Das sind die Bäume, erklärt Peggy Sue.

Peggy Sue landet am Waldrand. Dort stehen kleine Häuser.

Sieht aus wie eine Zwergenstadt!

Kapitel 12

Da hat Tim eine tolle Idee!

Ich hab's! Ich weiß jetzt, wie wir den Drachen in seine Höhle zurückbringen.

Aber vorher müssen sie noch die streitenden Brüder besuchen. Müde fliegt Peggy Sue mit ihnen wieder zur Burg.

Sie landen in der Nähe von einem Wassergraben.

Mit einer Flöte ruft Daniel den schwarzen Schwan dazu.

Die Freunde schicken die beiden Tiere als Boten zu den Brüdern.

Mit einem Boot fahren sie zur Insel.

Du willst, dass die Brüder miteinander reden, oder?

Mit einem schweren Stein macht Jakob das Boot kaputt.

Der Schwan landet wenig später mit dem Fierten Fürsten.

Kurz darauf bringt Peggy Sue den Vünften Vürsten.

Er ist klein und sehr musikalisch.

Der ist groß und kann gut kämpfen.

Vor der Höhle sitzt Meike. Sie spielt ein Schlaflied auf der Flöte.
Siegfried schläft wieder ein. Alle Geschichten sind vor ihm sicher.

Kapitel 14

Alle Wesen bewegen sich wieder.
Die Brüder danken den vier Menschen.
Und Atrius, der Magier, verwandelt Jakob zurück.

ırück in der Menschenwelt, erzählt keiner etwas von ihrem Abenteuer.
Nur Bartholomäus lächelt.

ENDE

DER AUTOR

THiLO verbrachte den Großteil seiner Kindheit in der elterlichen Buchhandlung zwischen Pippi Langstrumpf und Räuber Hotzenplotz. Nach der Schule reiste er durch Afrika, Asien und Mittelamerika, bevor er Publizistik studierte und mit seiner Kabarettgruppe »Die Motzbrocken« durch die Lande zog. Daneben arbeitete er für Funk und Fernsehen. Heute lebt THiLO mit seiner Frau und vier Kindern in Mainz und schreibt sehr erfolgreich Geschichten und Drehbücher für Kinder und Jugendliche.

DER ILLUSTRATOR

Timo Grubing, geboren 1981, studierte in Münster Illustration und lebt seit seinem Diplom 2007 wieder in seiner Geburtsstadt Bochum. Als freier Illustrator ist er in den verschiedensten Bereichen tätig: Er bebildert Kinder- und Schulbücher, Rollenspiele und arbeitet regelmäßig für Magazine und Agenturen.

Andrea Martin

Die Geheimnisse von Oaksend – Die Monsterprüfung

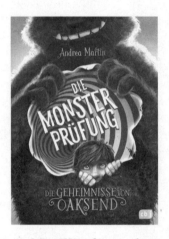

320 Seiten, ISBN 978-3-570-17613-9

Robin kann es nicht fassen, als eines Nachts Melvin vor ihm steht. Ein echtes Monster, mitten in seinem Zimmer! Und er selbst hat es gerufen! Als angehendes Schutzmonster (Warmblut, Europäisch-Langhaar, Blue Tabby) ist es Melvins Aufgabe, seinen Schützling vor Unheil jeder Art zu bewahren. Und das hat Robin auch dringend nötig. Nur was, wenn die bekannte Welt plötzlich aus den Fugen gerät? Mit seinem Hatchpatch, einer Art magischem Expresstunnel, schafft es Melvin, seinen Freund zunächst in Sicherheit zu bringen. Doch Melvin ist nicht das einzige Monster in Oaksend und nicht alle Monster kommen in guter Absicht ...

www.cbj-verlag.de